神的标价

〔日〕一色小百合 著

蓝春蕾 译

台海出版社

◇ 千本櫻文庫 ◇

　　文库，原本是指收纳书物的仓库和书库，也指收纳书与记事簿，以及不常用物品的小箱子。以前者为例，京浜急行线的"金泽文库站"就是以前镰仓时代北条氏用来收藏汉书用的，"金泽文库"名字的由来便是如此。东京都的世田谷区也存在着收集着珍贵汉书的"静嘉堂文库"。后者则更多地被称为"手文库"。

　　江户时代以来，可以放入袖袂的小开本书籍逐渐流行起来，被称为"袖珍本"。明治三十六年（1903年），富山房发行了小开本的丛书，起名"袖珍名著文库"。随后，明治四十四年（1911年），讲述战国时代的猿飞佐助和雾隐才藏系列故事的讲谈社"立川文库"发行出版。讲谈是日本民间艺术，以口语化的方式讲述历史故事的形式。而"立川文库"则是将讲谈收录成册集中出版的丛书，据统计，当时刊行量为200册左右。从那时起，文库就脱离了原本的释意，逐渐演变成了现在的类书集丛。

　　文库说法借鉴了日本出版业界的传统说法。而千本樱源自日本奈良县吉野山樱花盛开的奇景，世人皆称"一目千本樱"来形容樱花美景。千本樱文库的纳入作品皆为日系作品，题材包括推理、悬疑、幻想、青春、文化等类型，正如千本樱满山盛开的绝景。

　　现代日本，以"文库"命名刊行的丛书系列有200种以上，所谓"文库本"只不过是统称而已。日本传统的"文库本"常用的是A6尺寸的148mm×105mm，也叫"A6判"。千本樱文库的所有书籍将在"文库本"

的基础上提升，达到 148mm×210mm 的开本标准。追求还原的前提下，力图带给读者更清晰的阅读体验。

从上世纪 70 年代以来，日系推理小说逐步进入中国读者的视野。随着时代更替，涌现出一大批不同风格的作家。日系推理能够长久不衰的原因之一在于设立的各种奖项，这些奖项能为日本文坛输送新鲜血液，不断地创作优秀作品。"这本推理小说了不起！"大奖 2002 年由宝岛社、NEC、Memory-Tech 联合创办，以发现有趣的作品、发掘新的才能以及构筑新的体系为目标。主要奖项分为大奖、优秀奖、"隐玉"奖（编辑部推荐奖）等。

2015 年，一色小百合凭借《神的标价》获得第 14 届"这本推理小说了不起！"大奖，并以此出道。古往今来，以美术为题材的推理小说有很多，但以虚构的当代美术家为题材的推理小说却屈指可数。《神的标价》这本美术推理属于全新的种类，由此获得了极高的评价。当代美术的价值究竟是如何决定的？市场如何形成？艺术家又过着怎样的生活？《神的标价》从正面切入艺术与商业的问题，讲述了一个动人心弦的故事。

千本樱文库编辑部

◇作家 WRITER

鲇川哲也奖作家系列

◇ 相泽沙呼

◇ 城平京

◇ 芦边拓

◇ 柄刀一

梅菲斯特奖作家系列

◇ 天祢凉

◇ 西尾维新

◇ 井上真伪

◇ 殊能将之

◇ 木元哉多

◇ 北山猛邦

其他作家系列

◇ 深木章子

◇ 三津田信三

◇ 乙一

◇ 仓知淳

◇ 横关大

◇ 野崎惑

神 的 标 价

c o n t e n t s

神 の 値 段

第一章

　我从电脑屏幕前抬起头，面前是一对讲中文的男女。男子用略带口音的英语向我搭话，听起来像在嚼口香糖。

　"你们有川田无名的作品吗？"

　我挤出一张笑脸，从座位上站起身来。男子穿着领口有些松垮的灰色T恤和牛仔裤，看起来有些土气。相反，女性却打扮入时，胸前挂着的熊猫吊坠上缀满了钻石，熠熠闪光。她身着简洁的黑色连衣裙，展现出健美紧致的身体曲线。

　"有的，川田无名是我们画廊的签约艺术家。"

　听到我在柜台里的回答，女性对男子用中文说了几句话，碰上我的视线后笑了笑。她的笑容温和优雅，使她的肤色更加充满光泽。从他们的服饰和上下级关系能看出，男子大概是女性雇佣的助理或者司机。

　"我们想购买他的作品，请问能看一下他的作品清单吗？"

　男子用英语询问着，可能是女性刚才说的内容。

　"请您稍候。"

我回给他们一个笑容，再从我放在桌上的名片中抽出两张递给对方。

"感谢您的咨询。请容我自我介绍一下，我叫佐和子。"

先递名片是为了暂时打断对方的询问，尤其是对这种突然到画廊说想买作品的客户，我必须要先了解对方是怎样的人。不能让对方提问，而要让对话沿着自己提出的问题发展才行。

"您想购买什么样的作品？"

"水墨风格的抽象画系列，尺寸大概这么大。"

男子说着用手比出一个比肩稍宽的长度。

"那您已经有无名的作品了吗？"

"对，有几幅。"

"是在拍卖会上购买的吗？"

我的问题可能有些唐突，男子却丝毫未露出不快的神色，再次用中文向女性转达我说的内容。

每一个音节的韵律听起来都缓慢而平稳，我猜测他们是从中国台湾来的。我不会说中文，判断难免不太客观，但我感觉中国大陆来的客户说起话来声调有力、抑扬顿挫，听起来语速较快。其实来画廊的中国大陆客户本来就不多，大多数还雇了日语翻译。而中国香港的客户很多，基本上都能用流利的英语进行交流。

"有几幅是的，也有从朋友那边买的。中国的收藏家关系网的可信度比较高。"

我保持微笑，心中告诫自己一定要慎重。如他所说，中国的收藏家关系网确实比较可靠，不过既然能从认识的收藏家手中买到画，自然也能卖给他们。

"我也在其他画廊买过他的画。"

"您是说二手画廊吧。"

见到两人困惑的表情，我补充道：

"艺术品市场共分为两种。一种是一手艺术品市场，直接从健在的艺术家手中预定新作品。另一种是二手艺术品市场，他们收购、转卖二手甚至三手作品。我们画廊是全世界唯一一家可以直接从无名那里拿到作品的一手画廊。纽约也有画廊与他合作，但他卖出去的作品全部是由我们画廊管理和委托的。"

一手画廊是艺术家的代理人，会帮助他们销售作品。画廊与艺术家是利益共同体，画廊不仅为艺术家提供展示作品的场所，也会积极发掘买家，考虑高收益的销售方法。且画廊直接向艺术家本人支付作品收购费用。

另一方面，二手画廊收购、转卖的作品不是直接来源于艺术家本人，而是来自其他收藏家和画廊，所以收购费用不会进入艺术家的口袋。古董和古代艺术作品市场就属于这一类。也有一些画廊出售健在艺术家的作品，但不与艺术家直接交涉。

比如，就算艺术家的作品在拍卖会上以破纪录的价格成交，艺术家也得不到分毫。因为拥有作品的是收藏家和拍卖行，这场交易与艺术家本人和一手画廊毫无关系。

男子似乎正热切地把刚才我说的内容用中文转述给女性。女性静静地听着，也不点头附和，最后提出了问题："能告诉我作品的价位吗？"

我保持警惕，微笑着回答："如果是您刚才说的尺寸，大概在这个价位。"

平板电脑上显示的价格列表中，长一百厘米、宽八十厘米的四十号作品标价为十万美元。

　　无名绘制的作品尺寸众多，从数十厘米的小幅作品到几米宽的大幅作品应有尽有。在一手画廊中，决定作品价格的因素基本就是尺寸。虽说也有例外的情况，比如尺寸过大很难装饰在家中的作品，但基本上尺寸小的作品就比尺寸大的作品便宜。

　　"价格很高啊。"

　　男子惊讶地笑了笑。鉴于对方那么快就开始谈价格，我也只是笑笑，不作任何回答。如果他们真的在拍卖会上购买就不会觉得贵了。

　　我暗自腹诽，他们肯定很清楚这个价格非常合理。

　　在不同的市场上询问价格，得到的答案各不相同。同一件作品在拍卖会和二手画廊的购买价格可能是在一手画廊的十倍以上。比如在原产地购买蔬菜，价格自然低廉，但在银座高级餐厅吃蔬菜，价格就会高得离谱。有特殊含义的旧车极为稀有，价格也会随之上升。总之，要是不直接从艺术家本人或者一手画廊收购艺术品，价格便极为高昂。所以一手画廊的周围总是聚满了倒卖商。

　　面对我的沉默，男子试图挽回一般开口说道："我们之前在拍卖会上买的都是小幅的作品，而且我们根本不知道这里是一手画廊，要不是朋友推荐，我们也不知道在哪里能买到。"

　　男子如此回答。他身旁的女性露出迷人的微笑，耸了耸肩，用中文对男子说了几句话。大概是让他给我看自己藏品的照片。男子听罢便从口袋中掏出手机，用手指快速滑动屏幕，向我出示了几张照片。

　　照片上都是 B4 大小的素描画，每一张都是用黑色的炭精条、炭笔或者铅笔绘制的练习稿，而非水墨画。这类作品在市面上较为常见，价格不到水墨画的十分之一。无名此前创作过各式各样的作品，但共同点就是只有黑白两色。

"您收藏的作品很多。"

"我们还想再增加一些。"

和面前的照片相比，更加吸引我注意力的，是余光中女子涂满鲜红指甲油的手指，以及她无名指上巨大耀眼的红宝石。

"这是您家里吗？"

我提出一个中规中矩的问题。毕竟大多将藏品装饰在家中的收藏者不会立刻将作品转手卖出，而会较为珍惜它们。

防止倒卖是为了保证作品的供需平衡，从而控制艺术家在市面上的身价。大多数一手画廊的第一要务就是将作品卖给恰当的收藏家，避免作品遭到倒卖。而他们这类游走于二手市场的顾客可能已经习惯于倒卖的行为，尤为需要注意。

"对，我们住在台北，家里墙上挂的都是他的作品。我妻子把它们都看作自己的孩子，舍不得让给别人。"

看来他们的确来自中国台湾，但二人的夫妻关系还是让我心中颇为惊讶。

"二位不如先进来喝点茶？"

我不会对所有人都尽全力推销，只会让那些有可能购买作品的优质客户进入内部展厅。

我会邀请这对夫妻进入内部展厅，不仅因为妻子手指上巨大闪耀的红宝石，也与陪着这位时髦妻子前来的丈夫身上朴素的衣着有关。既然这位丈夫在给妻子买珠宝和奢侈品方面毫不吝啬，一定也会投其所好购买艺术品送给她。而且越是不讲究穿着的人，越有可能认真收藏艺术品。

外部展厅一般用来举办画展，而只有特定客户才能进入的内部展厅则悄悄地展示着尚未对外公开的优秀画作。现在墙上挂着的是无名去年的作品。

这幅画属于系列作品。画面精美考究，仅用墨勾勒出简单的线条，是绝佳的装饰品。不过它比刚才夫妻俩提出的尺寸大一倍，也就是纵长一百四十五厘米、宽一百二十厘米的八十号尺寸。看到如此具有表现力的黑白作品，二人喜形于色。

"这是无名的作品？"

"正是。"

"简直太棒了！"

妻子对丈夫说了句什么，丈夫便说道："我妻子想知道这幅作品的价格。"

"二十万美元。"

"果然很贵。"夫妻俩面面相觑，"能便宜一点卖吗？"

"非常抱歉，已经有其他客户预定这幅作品了。"

丈夫没想到听到这样的回答，不禁露出踌躇的表情。

"不愧是无名的作品。"

"无名并非高产的艺术家，每个月完成的作品屈指可数。制作每一幅作品都需要花费大量的时间，所以卖家在作品刚刚投入制作时基本就已经定下来了。"

"无名的作品太受欢迎了。"

夫妻二人用沉醉的目光再度打量起那幅画。

"预约保留到什么时候？"

"负责销售这幅画的是我们画廊经理。不巧她现在外出了，但我可以代为询问。"

"行，那我过几天再来咨询。"丈夫说道。

我微笑着点了点头。他们又驻足欣赏了一会儿，仿佛凝视着无法触及的神圣之物与高岭之花。

其实，没有人预定这幅画。

我说的话完全是一派胡言。因为我不能回答，你们现在就能买下这幅画。毕竟，没有什么能比轻易到手的作品更一文不值了。而且他们一来就谈价格，让人有些放心不下，我肯定要查证他们究竟是不是正经的收藏家。

"请二位这边入座。"我出言催促，并转换了话题，"二位看到樱花了吗？"

"看到了，这间房外的樱花也美不胜收。"

房间的正面有一扇边长一米半的正方形固定窗，春天的气息便由此涌入房内。由于这扇窗户的存在，一天中有一段时间阳光会直射作品。不过画廊和美术馆不同，没有严格的规定。窗边紧靠一个小小的公园，公园里种满了巨大的樱花树，紧紧环绕在画廊周围。盛开的早樱为之增添了一抹亮色。

到了春天，在这个房间里便能欣赏到白粉相间的樱花和无名的作品，因此广受海外客户的欢迎。仅属于这段时间内的惊喜可以让谈话更加自然融洽。

"二位是来东京旅游的吗？"

"不是，我们因为工作原因经常来东京，大概每个季度一次。这次也是因为工作，不过因为要买无名的画，就赶过来了。"

"二位在哪里知道无名的呢？"

"我们是在纽约的展览上知道的，应该是五年前。我妻子迷上了无名，我也查阅了不少有关他的资料。他的作品有着亚洲人的感性和触动人心的力量。我们希望拥有一个以他的作品为主的展厅，才想多购入一些。"

丈夫翻着桌上的几本图录说道。我边听边点头，不时与其妻子对视几眼。

"和二位说实话，来咨询无名作品的人络绎不绝，现在无名的作品处于紧缺状态。非常遗憾，现在我没有办法向二位提供特定的作品。不过我们设有等候名单，如果二位愿意，我可以先将二位的姓名登记在内。"

丈夫点了点头。在他沉稳的表情背后，隐藏着执着的光芒。我装作没有看到，继续进行说明。

"以防万一，我会先去艺术家的工作室查看一下，如果有新的作品，我会介绍给二位。之前已经了解过二位的需求，之后我将通过电子邮件与二位联系，请问意下如何？"

艺术品需要严密的包装，而非超市里唾手可得的商品。

夫妻俩讨论了起来，不久便略带兴奋地对我说："就按你说的办。我们不着急，最近也一直在东京，还能再来。"

丈夫说他碰巧没有带名片，我便递给他一张便笺纸让他写下姓名和联系方式。在现在这个时代，只要知道姓名和长相，就能在网上查到对方的身份，更何况是有能力购买艺术品进行收藏的富裕人群。

"我很理解你们没有立刻可以购买的作品，以前的作品也没有吗？"

"我们是一手画廊，只有现在制作的新作品。"

"好的，冒昧问一下，这边不会有赝品吧？"

"当然不会，作品背后只要贴有我们画廊的贴纸，就完全值得信任。"

"我妻子说她非常想在你们画廊购买无名的作品。"

丈夫第一次露出了笑容，看起来不像是个坏人，我稍微放心了一点。但我刚放下心来，丈夫又问了一句："要是我们同时买两幅作品，可以打点折扣吗？"

他们离开画廊后，我便将便笺纸夹在日程本中，以备之后查询对方的身份。

如今什么商品都不好卖，为什么无名的作品价值数千万日元，却能如此轻易地卖出去呢？从我在此工作以来，这个巨大的疑问就一直困扰着我。

在网络上搜索川田无名这个词语，便能看到他诸多的头衔：水墨艺术家、抽象画家、国际著名的美术家、前卫艺术家、雕刻家、演艺家、行动绘画家等等。这些都是他在漫长的职业生涯中挑战过众多艺术形式的证明。

无名出生于1939年，父亲是一名成功的日本商人，母亲是一名中国人。他很早便离开了母亲，在极为富裕的环境中长大。由于不是正室的孩子，他遭到了族人的排斥。无名虽然没有接受过正统的美术教育，但他从小学习书法和绘画，深受艺术熏陶。十八岁时，他在父亲的资助下前往纽约。

前往美国仅三年后，他举办的首次个展就引起了轰动。当时发表的是一幅巨型水墨画，其中运用了他常年练习的书法中的技巧。外界因其二十岁出头的亚洲人身份对他颇为关注，称他为纽约抽象表现主义的新星。但此事未形成较大的社会影响，不过是昙花一现而已。1975年，无名逃跑一般地回到了日本。

回国后，无名便从主流美术史中消失了很长一段时间。尤其在日本，

水墨画这种形式由于过于古老很少有人关注。而且，无名因为身上的中国血统遭到了不公正的对待。在现在的画廊接手他以前，人们对他的认知，不过是早年似乎在国外有一定名气的老年画家而已，他的作品几乎无人问津。

然而，随着这十年来中国美术市场的急速发展，水墨艺术品的身价也水涨船高。欧美的权威美术馆也受其影响，相继举办怀旧展览，水墨作品的价格一口气蹿升。无名在日本的知名度还不算高，但他已经跻身于世界上最有名的艺术家之列，在圈内已经被神化。

令人不可思议的是，无名从不于人前现身。

这一特性是无名重要的标签之一，更甚于他在绘画中使用的墨。他不仅不与美术圈内的人交流，也完全不接受媒体采访。他回国后不久，美术杂志上曾刊登过一篇他的简短的采访稿，这便是他最后一次在公众前露面。

消失的艺术家——川田无名。

他在纽约崭露头角时，还是个高挑瘦削的美男子。以他英俊的容貌，不难解释为何他的照片能登上美术杂志，且时至今日依然引人侧目。但与无名有关的资料还是不多，他的真实身份依然隐藏在重重谜团之中。

如今他仅与极少数人保持接触。唯有他所属画廊的经理，也就是我的上司永井唯子，还有工作室的负责人土门正男与他还有联系。我自己从未见过无名，连电话都没有通过一次。

其实川田无名已经去世了吧？

这一流言在网上传得煞有其事，几乎让人信服。我不知道他现在住在哪里，也不知道他的近况。他的工作室位于品川的仓库区，包裹信件都会寄到那里，新作品的创作和作品的管理也都在那里。但我去工作室的时候，从未见过无名的身影。

不过无名本人不在也不会产生什么问题。

负责人土门会全权运营工作室，近年来为数不多的作品都是由技术经验丰富的工作人员制作出来的，没有引发什么问题。这种制作方法不会对外言明，不过按照唯子的主张，在重视思维与理念的当代艺术家眼中，作品就算不经创作者之手，其价值也不会改变。

可以说无名的隐匿和其超越制作者的身份，也是他艺术手法的一部分。

无名的名气能提升到如此境地，功劳完全在于让这一理念深入人心的唯子。唯子不仅负责世界各地举办的展览，对销售状况也完全了然于心，所以她准确地知道每幅作品的拥有者及所在国家。

此外，唯子还与纽约著名的商业画廊合作，建立起委托销售的体系。这家画廊具有世界顶尖的销售能力和品牌知名度，无论多么难卖的作品都可以交给他们，品质和价值也能得到保障。因此，无名的艺术品不仅在日本国内有名，也在海外市场上占据了一席之地。

永井唯子是艺术家的影子，也是另一位川田无名。

他们是并肩战斗的命运共同体，是业界著名的搭档，但无人知晓他们更深层次的关系。比如他们是单纯的商业合作伙伴还是恋人，他们如何进行商讨等。总是摆出一张扑克脸的唯子就连喝醉后都对此绝口不提。他们之间的秘密对刚进公司时的我来说，可谓一个巨大的谜团。

无名专属的画廊成立时，唯子只有二十多岁。无名在与他年龄差距大到可以当自己女儿的唯子身上，似乎发掘到了什么。他决定断绝与其他所有画廊本就勉强的关系，将作品只托付给唯子。经历了怀才不遇的空白期后，无名与唯子正式回归，近来已收获爆发式增长的关注。

送走那对中国台湾夫妻后，我回到座位上，松井端了一杯咖啡给我。松井是比我后进公司的助理，去年刚从巴黎的美术大学毕业，是个原本以艺术家为目标的男人。他两只耳朵上戴了七个耳饰，鼻子上也挂着饰品。他身材纤细，总穿着 COMME des GARÇONS 的衣服。咖啡杯放在桌上时，杯子下还垫着杯垫。

"佐和子，那条古驰的连衣裙真好看！"

"你在说什么？"

"哎呀，就是刚才来的那位太太的连衣裙嘛。她的项链应该是麒麟（Qeelin）的吧。"

松井双眼发亮，还沉浸在赞赏之中。他到画廊工作的时间还不满一个月。

"对了，我想问个问题。我听说唯子解雇过很多助理，是真的吗？"

松井经常这样毫无顾虑地提出一些唐突的问题，并非是他不懂得察言观色，可能是长年的海外生活让他能无所畏惧地坦诚待人，这也是他的优点。

"你听谁说的？"

"其他画廊的人。我要是也很快就被解雇了怎么办，其实我很容易受伤的。"

松井双手抱肩，一脸担心地说道。

的确，我工作三年以来，已经有五位助理离职了。但准确地说，只有一位是唯子宣布解雇的，其他四人都是因为工作过于繁重自行请辞的。

"我觉得你应该没事。"

"咦，为什么？"

松井一脸期待地反问我。

"因为感觉你的工作能力比较强。"

"是吗？"

松井有些高兴，回应时还摆出浮夸的手势。

"那你为什么要在这里工作呢？"

"这个嘛……"

我搪塞了一下便托腮回忆起来，食指无意识地在电脑键盘上敲打着。

"要不要到我这里来工作？"

唯子和我说这句话时正值深冬。当时我即将从大学毕业，还没有找到理想的工作，刚刚把内容贫瘠的毕业论文交上去，正处于无所事事的状态。仔细想来，我以前的生活都是顺其自然。我上的三流大学并不是我的理想院校，上课也是为了拿学分，达到最低出席要求便可。没有明确的目标，得过且过而已。

回忆起来，连我都好奇为什么自己会在这里工作。

"你挺有这方面的天赋嘛。"

我永远不会忘记这句话，因为实在出乎我的意料。

当年，父亲看不下去我无所事事，便邀请我去参加唯子画廊的开业派对。那天晚上是我第一次见到唯子。要不是因为派对后聚餐时唯子刚好坐在我旁边，估计我们根本说不上什么话，当然我现在也不会在这里。

看到唯子时，我便震惊于她的美貌。

她和我短暂人生中见过的美女都不同。虽然我也不太清楚美女和美人的区别，但知性又性感的唯子绝对是个大美人。她不仅美丽，也相信自己

的美丽会成为人生的助力。我知道她自信下的美丽，有着轻易跨越年龄的力量。

"你毕业以后有什么打算？"

听到她的问题，我有些紧张，老实交代道："我还没想好。我想等一阵子看看能不能找到想做的事情。"

"你太乐观了吧。"

唯子毫不留情地说道，接着喝光了杯中的威士忌。

"请问你为什么选择现在这份工作呢？"我毫不气馁地向她问道。

"我觉得其他工作没有意思。当研究者需要面对保守的上下级关系，当学艺员[1]整天都忙忙碌碌的。我想赚更多钱，想体验未知的事物。看到无名的作品时，我便感觉到，它有着足以让我为之献上人生的价值。虽然一切才刚刚起步，但我确信他的作品一定能达到旁人无法企及的高度。可能这就是我的宿命。"唯子诚实地回答了我。

不知不觉中，我被她的话打动了。

后来我听说，当时唯子是一名主攻东洋美术史的优秀研究生。她毕业后本应去做学艺员，或者留在大学的研究室里走精英路线，不知为何却踏上了经营当代艺术商业画廊这条坎坷的道路。

"怎样才能找到自己愿意为之献身的事业呢？"

"很简单，机缘随处可见，但是否继续下去还取决于你自己。"

在唯子看来，我不过是一个与她第一次见面的女大学生，她却依然满

1　学艺员是日本的一种国家级从业资格，由文部科学省认定。根据日本博物馆法规定，在博物馆(包括美术馆、天文台、科学馆、动物园、水族馆、植物园等)从事专门职位的工作需要持有学艺员资格。——译者注

脸认真，滔滔不绝。她的态度和她的话一样，深深感染了我。

"我年轻的时候也没有钱，但我遇到无名时没有浪费机会，所以现在才能经营这样一家画廊，也拥有了很多高级定制的爱马仕包。很令人羡慕吧。"

没错，我诚实地点点头。

"关键在于有没有野心。工作的时候要总想着不要太累，想拥有自由之身，就不可能成功。还有就是只对挣钱的事情感兴趣。整天接触穷人，想法也只会和穷人一样。不过，到了我现在的级别，有时候倒想穷回去呢。"

看到唯子的笑容，我便不那么紧张了，转而单方面向她询问平常的工作内容。本来我只是觉得，以后很难再有机会接触一线专业人士了解那个光鲜的行业。但不知不觉中，我也开始想象自己进入那个行业时的模样。

如今想来，我与唯子的相遇对我产生的影响，和唯子与无名的相遇对她产生的影响，大概是差不多的。

"听说无名的作品是你一手扶植到现在的地位，现在也全权由你负责，是真的吗？别人说无名现在如此受欢迎也是因为你。"

"怎么可能。是无名养活我，哪里是我养活他呢。"

不经意听到如此温情的话，让我逐渐对唯子产生了信赖。

推崇和研究艺术品不能填饱艺术家的肚子。如果梵高和莫扎特能遇到伯乐，他们可能也不会过早地离开人世。无论多么优秀的研究者，都不能直接帮助艺术家解决生计问题。能够帮助他们的只有画商，这也是唯子的信条。

那天晚上，唯子不知为何对我印象不错，问我毕业以后是否继续留在东京，我点了点头。她又问道："你英语怎么样？"

我一直以来也只有英语成绩还不错，又点了点头。

"能做点体力活吗？"

"可以。"

"我们画廊正好人手有点不足，要不要到我这里来工作？"

"我可以吗？"

"你还挺有潜质的呀。不过我先说好，就给你一次机会，拒绝就拒绝了哦。"

"那就让我去吧。"

回过神来时，我已经直视着唯子的双眼，说出了这句话。唯子精致的嘴角稍稍上扬，这可能就是她的超能力吧。

"对了，你在接待客人时唯子打了个电话过来，她说很快就回办公室了。"

松井的话让我回过神来，唯子早上去无名的工作室开会了。

"我知道了。"

"唉，也不是什么大事，我怎么这么紧张。"

"是吧，我很理解。"

我匆忙收拾好桌上散落的资料，再检查一下展厅和内部的房间是否干净整洁。

"佐和子，你去过工作室吗？"

说是紧张，松井还是用相对悠闲的口气问道。

"嗯，我去过几次。"

"你见到无名了吗？"

"怎么可能。"

"你不想见他吗？"

"什么？"

"我算是为了见他才在这儿工作的。"

"你最好别和唯子说这些。"

"为什么？"

和唯子说想见无名几乎是自杀式行为。就算是随意前往工作室，都会立刻被解雇，更别说试图去见无名了。我实在想象不出这么做会遭遇到什么事情。唯子非常小心谨慎，她密切关注着这个秘密，以防泄露。

但就算我说明给松井听，他也会不断问我为什么，还是算了。

"总之就是不行。"

我记得松井说自己非常喜欢无名，非常想从事和他相关的工作时，唯子就让他先无偿实习一段时间。当时松井还特地强调自己不是为了钱才工作的。

"松井，你为什么那么喜欢无名？"

"为什么？当然因为他的作品实在是太棒了。我在巴黎的美术馆第一次看到无名的作品时，实在激动不已。他的作品给了我当头一棒，让我不禁思考，明明有这么杰出的日本艺术家，为什么我一个亚洲人要那么努力学习纽约的艺术品，模仿纽约式的表现手法。从那以后，无名就是我的偶像。"

"原来如此。"

"希望他还活着。"

他轻声叹道，我不禁回头看他。

"我有时候会想，无名会不会已经过世了。"

"我们这么说就不是玩笑话了，他现在可能在拼命画着画呢。"

"也是，我们不也只能拼命工作吗？"

松井的语气有些戏谑，但听起来却极为现实。

"对了，我要去趟银行。"

"但唯子要回来了吧。"

"我会在那之前回来的。"

我抓起包便急匆匆地下了楼梯。

高楼顶上的广告牌正向四面八方高声播放着广告。

站在车水马龙的十字路口，我仿佛置身于幻象的洪流之中。等人的人、沉醉于购物中的人、喝醉的人、年轻人、上班族、外国人、情侣混杂在一起，主干道上人来人往。在这样喧嚣的城市中，我独自一人茫然伫立着，手上捏着存折。

每个月二十五日看着存折时，绝望便涌上心头。房租顺利付出去了，但还有信用卡没有还。上个月就因为没有来得及还款被停用了，但存折上少得可怜的数字将我推入了更深的谷底。

在唯子的画廊里，包括工资在内的所有事务都是由经营者一个人决定的。所以就算作品卖出了高价，对我那微薄的收入也毫无影响。

"过段时间我会给你涨工资的，不过你的收入已经比其他画廊的人要高很多了。"

我和唯子谈过一次，她是这么回答我的。我便对唯子说，松井家住港区，家里富裕到买个管家都绰绰有余，这种人自然另当别论。而我独自一人生活，家中也算不上富裕，生活便有些困难。

"你应该知道，无论拍卖会上的价格多高，那些收入也与一手画廊无关吧。"

自那以后，唯子的心情变得有些差，我便明白我不应该再说下去了。于是我若无其事地继续工作，到现在已经三年了。不过三年而已，我却觉得在这里的三年仿佛永无止境。

我听说"穷忙族"这个词语时便感同身受。每天加班不加钱，工作日加班、不断出差，没有钱梳妆打扮，只能每天穿着同样的衣服，也没有时间留给家务和副业。回过神来时，只有时间在不断流逝。这种应该算黑心企业了吧。

我压下涌上心头的不满，深呼吸提醒自己，唯子就要回画廊了，我没时间在这里偷懒了。但如果一个深呼吸就能转换情绪，我早就得救了。结果我还是没能摆脱郁闷的心情，从主干道钻到小巷子里，将免费的招聘传单塞进包中，急忙赶回办公室。

这片地区在市中心算地价较高的区域，从机场过来也方便，很多画廊都将展厅设在这里。

我快步回到的这座综合大楼前，正好停着一辆标有艺术品运输标志的美术品专用运输卡车，也叫美专车。美专车看起来和普通卡车没什么区别，其中的构造却有很大不同。美专车的车厢里到处都包裹着垫子，车身下方还装有帮助美术品减震的空气悬架。

不过，虽然都是专门运输美术品，但绝大多数画廊不会像国立美术馆那样选择大型美术品运输公司，而更倾向于选用廉价的小型承包商。

楼梯间有股微弱的唯子身上香水的气味。我走上台阶，回到画廊的办公室。

"你去哪儿了？"

这位身材高挑、颇有气势地站在那里的美女正是我们画廊的经理永井唯子。她穿着高跟短靴和极具个性的粗呢连衣裙，略有弯曲的黑发充满光泽，还戴着颇具品味的耳饰。简直可以直接登上杂志了。

"我有点累了。"唯子说着便坐在了桌旁，"对了，你头发乱蓬蓬的，还没有化妆，怎么了吗？你穿的衣服也和昨天一样。"

其实我不仅化妆了，穿的衣服也和昨天不同。不过我只是苦笑了一下，没有反驳她。唯子和以往一样，不，应该说比以往说得更不留情面，我只能如此应对。

"你这样太没形象了，可不能接待客户。"

"很抱歉，我会注意的。"

她没有怒吼，也没有情绪化，不如说声音还比较平静。但这样反而更令我觉得畏惧，实在奇怪。

我最近这么忙都是为了准备艺术博览会，也就是决定画廊收入的展销会。

"我之前让你准备材料，里面数字都乱七八糟的。别用忙来当借口，我才是最忙的。"

她说的有道理。向唯子道歉后，我便汇报了刚才来访的那对台北收藏家夫妇的事情。唯子漫不经心地听着我的报告，拿起一块高级点心。那好像是顾客送的伴手礼。

"他们是做什么工作的？"

我没有印象。当我意识到我没有询问时，心中一阵紧张。

"很抱歉，我之后就去调查。"

"你这样算不上接待客户吧，之后你打算怎么查？"

我垂下了头。唯子长叹一声，说道："他们不是倒卖商吧？"

她说的倒卖商是指专业倒卖美术品的商人。

"我觉得不像。"

"你怎么看出来的？"

"他们说会把作品挂在家里，给人的感觉也比较好。"

"你这种判断标准太稚嫩了。最近一些普通的收藏家也参与倒卖了，说实话，连我都很难分清楚。"唯子焦躁地说着，将写有客户信息的纸条退还给我，"算了，就这样吧。总之，对方要是只问一幅作品，报个价也没什么，但要我先和对方谈。"

"知道了。"

"对了，松井，工作适应了吗？"

"还挺困难的。"松井一脸僵硬地回答道。

"你不该这么回答。说实话，你没有达到我的期望。赶紧适应起来派点用场吧。"

办公室里空气的温度陡然下降。

我瞟了一眼正飞速敲打电脑键盘的唯子，觉得能让周围人都紧张起来也是种了不起的才能。她的存在本身就能让办公室里的气氛发生急剧变化。而且今天的唯子与其说有种压迫感，更像是浑身带刺。

我在唯子说话之前，就能敏感地察觉出她的心情是好是坏。她要是心情不好，我一天的工作经常也无法顺利进行，所以我自然培养出了这种能力。

但她的心情差到如此地步，在我进公司后可能还是第一次。发生什么事了吗？我回到座位上，结束电脑的休眠模式，又返回后院。这时，唯子不满的声音传了过来，这种语气在外面绝对听不到。

"这就像打仗一样，要是有人发呆就完了。我在最前线开枪，你们在后面不装弹怎么行。要是做不了，现在就从这里出去。"

我刚想道歉，后门开了。

"东西放在哪里？"

进门的人是专业送货的运输商浦和他的助手。浦穿着短袖，因而能看到他手臂上都是刺青，似乎不像个正经人。但实际上他为人谦逊，是个业务水平极高的直爽男性。他知道自己运输的都是美术品，具有极高的专业意识，工作质量没话说。由于我们要频繁地向海外运送高价的作品，需要相当信赖的合作伙伴，唯子觉得只要有他在就不用担心。

"麻烦您放在里面查封……"

这时，唯子用冰冷的声音打断了我接下来想说的话。

"今天放在这里就行了。"

浦和我同时看向唯子。

"就放在这里吧。"

"不用我们把外箱拿回去吗？"浦难以置信地说道。

浦说的外箱是他和助手搬来的木箱。

平常唯子都会让运输公司取走木箱，交由对方废弃处理。更多的情况是，如果外箱破损没有很严重，就提前将外箱里放的内箱取出，直接送到画廊。为什么这幅作品要用外箱包得严严实实地送过来呢？

这幅作品有那么特别吗？几种猜测在我脑海中掠过。我这么想不是因为这幅作品的外箱大得异常，而是唯子脸上露出的严肃表情。

"我说了，放在这里就行了。"

唯子皱着眉头，用生硬的语气冷淡地拒绝了对方。浦疑惑地扫了我一眼，便识趣地换上对待客人的笑脸。

"我明白了，那麻烦签收一下。"

浦从内侧口袋中取出发货单让我签名，待向我们道谢寒暄后，便迅速地离开了后门。

"要拆封了。"

等浦他们走后，唯子亲自拿着电钻，将外箱四周等距离钉上的钉子拧松，我和松井拿着备用电钻帮忙。钉子的数量太多，震动得让我有些头晕目眩。

当我们三人缓慢地取下外箱的盖子，面前出现的便是用气泡膜层层包裹的作品。大部分作品都会放在和画框尺寸匹配的箱子里，再装进外箱运输。但这幅作品不知是因为打包匆忙，还是因为已经闲置很久了，打开盖子就能看到作品四周用木板装裱的边框。我从未见过这种打包方法。

我们慎重地抬起气泡膜包裹的作品，轻轻地横放在地板上。固定气泡膜的胶条已经磨损得有些发黏，用剪刀拆除的时候也费了一番功夫。一般来说都是用养生胶带封装的，这种打包方法未免太潦草了。

"摘掉手表，戴上手套。"

这是怎么回事？我不禁产生了一股询问唯子的冲动。但看向她的侧脸，只见汗水沿着额头流成了一条线，现在似乎不是询问的好时机。

撕掉胶条后，我们摘掉手表，戴上白手套。检查完上面的标识，我和松井一起将这幅颇有重量的巨大作品慢慢抬起来，以便看到它的正面。

等它露出全貌时，我和松井都倒吸了一口凉气。沉默持续了五秒左右，我们便发出了震惊和赞叹之声。只有唯子还保持着冷静的表情，沉默地直视着这幅画。

这是一幅非常了不起的作品。

在这张足有三米长、两米宽的纸上，极具冲击力的墨迹铺展到了每一个角落。有的线条锋利笔直，而有的线条绵密婉转，朴实又极具生命力。

没错，面前这幅作品是我从未见过的旧作。

没想到是这样一幅作品。

在这幅无名年轻时创作的艺术作品中，可以看出他充分发挥了自己以前从书法中习得的表现手法。每一笔的背后都饱含着他昭然若揭的野心。

这可能是无名还在探索自己表现手法时期的作品，一眼看去便知道它具有极强的吸引力。现在的无名可能很难再创作出如此充满热情的作品了。这幅画与杰克逊·波洛克和塞·托姆布雷等名家的作品类似，虽为抽象画，却暗含故事。

我虽然就在无名的一手画廊里工作，但我几乎从未见过这等级别的作品。

更重要的是，我现在几乎满脑都在想，这幅画究竟值多少钱。对此，我既疑惑又兴奋。由于这幅始料未及的杰作的出现，我和松井都呆愣在原地，直直地盯着这幅画。

"收起来吧。"

听到唯子的话时，我才猛然回过神来。

这幅画究竟是什么时候画的？我瞥了眼正垂直放好的画的内侧，查看它的签名、名称以及制作年份。

MUMEIKAWATA（川田无名）

Untitled（无题）

1959

　　"一九五九年！"

　　我之所以失声惊呼，是因为无名在此一年后便举办了那场著名的轰动一时的个展。那次展览在当时的当代艺术中心——纽约，引发了一场旋风。

　　"这幅画，是，真品吗？"松井问道。

　　"别问些有的没的。"

　　被唯子劈头训了一句，松井畏缩了一下。

　　"为什么放在这里？"

　　面对我的问题，唯子也没有给出回答。

　　"去定个箱子，箱子来之前就把画放在后院，不要给任何人看到。"

　　唯子可能是担心有人会来画廊的展厅，便用钥匙将入口锁了起来。

　　"快一点。"

　　我和松井赶忙开始工作。我们将原本包在外面的气泡膜重新铺在地板上，带上白手套将画平放在上面。我熟练地操作着，尽量不去想自己手中的作品是多么价值连城。

　　"你们不许对任何人说起这幅画的事情。不管是客户、其他画廊的人还是恋人和家人都不行。"

　　我们都点头表示明白。

　　"也不要和工作室的工作人员说。"

　　我有些怀疑自己的耳朵，但唯子利落地离开了房间。居然对无名工作

室的人都要保密，这幅画究竟是什么来头？松井还没完全理解情况的异常程度，他悄声和我咬耳朵：

"这幅画好像挺早的，大概值多少钱啊？"

"至少在十几年前的拍卖会上，同等条件作品的成交价应该是六亿日元。"

松井吃惊地瞪圆了眼睛。

但我在心里想的是，这次的价格或许轻易就能翻倍。以前作品的成交价的确在当时破了纪录，可当时的无名并非拍卖会上经常交易的主流艺术家，说不定一个不小心就能翻几倍。

身心俱疲的我来到楼顶的吸烟区。吸了几口丢在抽屉里的香烟，便感觉到了潮气。我略微有些眩晕，却不是因为久违的尼古丁，而是因为那幅近在咫尺的杰作。

我将手掌放回膝盖上。

我还有些发抖，触碰那幅作品时的感觉依然残留着。

在屋顶上能看到东京铁塔。

天空染上了蓝色，与其他建筑物的分界线已变得模糊，唯有东京铁塔还熠熠闪光。我站在那里，有种称霸都市的感觉。巨大的空调外机运转的声音中，夹杂着远处传来的警笛声。烟雾徐徐上升，消散在风中。

那幅一九五九年的作品究竟从何而来，又将去往何处？

那幅画乍一看包装得潦草，但画本身保存的状态极好。现在还很难辨别出真伪，但无名同时期的作品都收藏在纽约现代艺术博物馆、大都会艺术博物馆等著名的专业场所。如果这幅画是真的，那可不得了。

如果流入市场，可能会带来巨额的收入。想到它的商业价值，再看看在同一空间工作的自己那微薄的收入，我不禁自嘲般笑了起来。我到底为什么要在这里工作？

不公平，这就是艺术世界的象征。

"这不是佐和子吗？"

在屋顶上和我搭话的人是其他画廊的经理真里子。

"你看上去挺累的。"

"最近特别忙。"

"怎么感觉你在炫耀呢？"

听她的语气不像开玩笑，我便闭上了嘴。

真里子的画廊原本比唯子的规模要大，但听说近来经营有些困难。

"唯子今天在日本吧？"

"嗯，对。"

"她今天会去派对吧？"

"应该去吧。"

"她没必要去吧，不需要宣传都有人来买无名的作品。"

她的眼里毫无笑意。

大家都知道真里子极度讨厌唯子。在派对和艺术博览会上碰面时，看起来二人相谈甚欢，但真里子的笑容里却写着厌恶。就连我这个唯子的助理，她一开始也几乎当没看到。

"真羡慕你们那么能赚钱。"

"哪里，我们这种底层员工连明天的饭都没着落。"

"话虽这么说，你的收入起码比我要高吧。"

我不知道怎么回答，只好沉默不语。这时，真里子又说道："不过说实话，现在的无名就是个幽灵，你的上司跟通灵师一样。但这种情况又能持续多久呢。"

我只好紧闭着嘴，点了点头。

也不知道唯子本人听到这种大胆的讽刺会有怎样的反应。不过，可能她只会将此当作穷人的扭曲心理，毫不放在心上吧。在美术界这个弱肉强食的残酷世界里，嫉妒和羡慕这类负面情绪层出不穷，但它同时也是孕育可能性的重要能量来源，这是唯子的观点。

"那一会儿见。"

真里子将未灭的烟头扔进烟灰缸里便离开了。

徐徐吹来的风里有些许雨水的气息，昭示着春天的到来。樱花即将在枝头盛开，很快便是新的季节了。

已经不会再回到冬天了。明明是如此显而易见的事情，不知为何，我却一下子有些糊涂。有那么一瞬间，我突然不清楚天气将会变冷还是变暖。时间流逝得太快，我几乎分不清自己身在何处。

该回去了。

我看到苹果手机中保存的派对请柬时，才意识到。

今天是我的生日。

刚才在银行记账时应该也看到日期了，可能因为太着急，我完全没注意。看来我不仅对季节不敏感了，连对日期也麻木了，我一时被自己吓住了。

我究竟在做什么呢？但就算辞去唯子的助理工作，我也没有什么想做的事。最后还是顺其自然。堆叠着烟灰的不锈钢烟灰缸中，映出我疲惫而扭曲的面容。

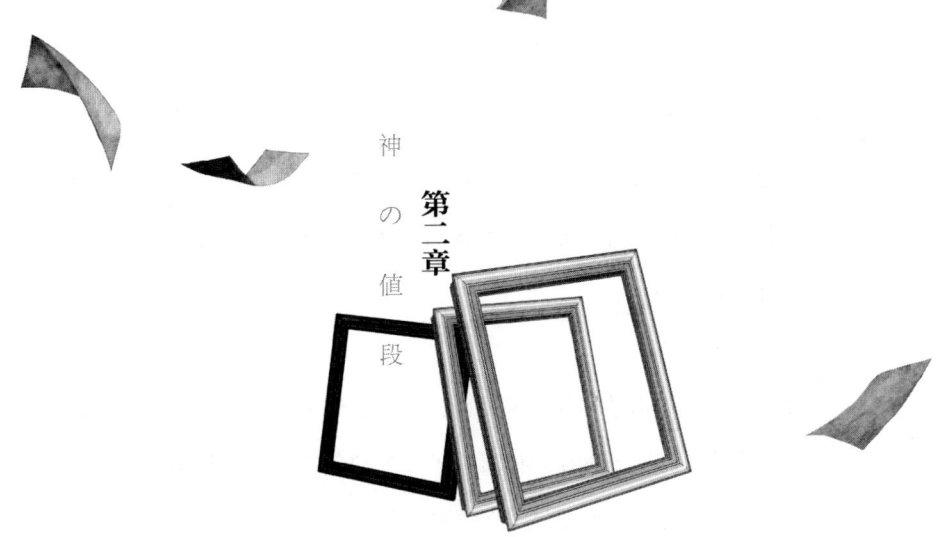

神の値段

第二章

我和唯子两个人去参加了一家座落于高楼的美术馆的开业派对。大多数美术馆会在新策划的展览开放前夜，邀请媒体和众多宾客参加宴会。客人不是来看展览的，而是来社交的，以便从其他受邀的收藏家和商人等美术界圈内人士那里获得最新信息。所以有不少人虽然在开馆的时候也来了，之后还是会再来一次专门看展览。

"真好，我也想去。"

留下来值班的松井闹起了别扭。我一直都不太习惯派对的氛围，要是可以，我倒是希望他替我去。

我在开馆后大约一个小时的时候到达了会场，里面有不少受邀的宾客。交谈声与碰杯声此起彼伏，相貌齐整的服务生忙不迭地供应着红酒和鸡尾酒。

盘子上的食物如同玻璃工艺品般精致，小到一口就能吃完。倒不是说能勾起多少食欲，光是其精美的外表便令人着迷。习惯这种社交场合的人穿着时髦的服装，找到认识的人打个招呼，兴致勃勃地聊着无关痛痒的话题。

平常展厅里挤满了携家带口的观众和参加修学旅行的学生。只有今天晚上，美术馆为客人特别设置了立式酒吧吧台，让这里变身为能够独享东京夜景的空中庭园。

"啊，唯子。"

过来聊天的是相熟的收藏家香月夫妇，他们多年来一直购买无名的作品。不巧的是，真里子也在。但真里子却当她在屋顶的讽刺不存在一般，热情地说道："这不是唯子吗，你好吗？"

紧接着，新加坡的赵氏夫妇也来和唯子搭话。唯子保持着完美的笑容，和众人打招呼，问道："各位已经见过了吗？"并为赵氏夫妇翻译。

"这两位是香月夫妇，他们收藏了丰富的当代艺术品，十多年前起就已经开始购买无名的作品了。赵氏夫妇现在住在新加坡，不久前在艺术博览会上购买了无名的作品。这位是经营画廊的真里子。"

"很荣幸见到各位。"

大家笑着相互握手。

"香月夫妇也收藏了无名的作品吗？"

"是的，当时的价格只有现在的十分之一左右。"

"太令人羡慕了。"

赵氏夫妇瞪圆了眼睛。

"香月夫妇培养起了无名作品的市场，我还想报答他们的恩情呢。"

"那可真是一桩美谈，其实我们也想去看看无名的作品呢。"赵夫人说。

"多谢您的关注。"唯子客气道，接着忽视了强作笑容的真里子，露出欣喜盼望的表情，说道，"我们随时欢迎您的光顾，这次您待的时间短吗？"

"不短，这次过来休假一周。我们都很喜欢日本的文化，也打算去京都看看。对了，唯子你的故乡也是在京都吧？"

"没错，如果您需要帮助，请尽管告诉我。"

"您在东京这几天要是有空，还请来参观一下我们的收藏品。前段时间我们在青山的展厅举办了一个展览。"香月先生也从口袋里取出卡片说道。

递出的卡片上印着他们引以为傲的展品的照片，香月先生兴致颇高地解说道："日本很多收藏家喜欢私下收藏艺术品。但我们不仅会将艺术品装饰在自家的墙上，还希望给更多的人看到。我们想创造一个可以分享自己想法的空间，也为自己提供与他人交流的机会。"

"也请各位来我的画廊看看，我们邀请了非常优秀的法国艺术家来办个展。"

真里子也不屈不挠地推销着。但这时赵先生的手机响了，夫妻俩便离开了。

"香月先生！"

正要冷场之际，一名路过的男性和香月夫妇打招呼。他们一时有些反应不过来，但还是微笑着回道："晚上好。"

"各位，晚上好。"年轻男子说着递出了名片，"我刚开始收藏不久。"

看名片似乎是一家风险投资公司的总经理。

"您好。"唯子也递出名片。

"哎呀，各位都是有钱人。我这种级别的难免有些紧张，只能不停地

喝酒了。"风险投资公司的总经理带着酒气说。

"对了，唯子，无名的近况如何？"香月夫人似乎想重拾话题，问道。

"这个嘛，他还在埋头创作。为了在世上多留下一些作品，很是拼命呢。"

"永井小姐，您是无名所属画廊的负责人吧？"

满脸通红的风险投资公司总经理像估价般地将唯子从上至下打量了一遍。

"对。"

"其实我也想问问无名的事情，不知道您方不方便告诉我？"

"您请问。"唯子满脸笑容地回答。

"无名太受欢迎了，那些作品真的都是他本人画的吗？"

风险投资公司总经理直言不讳地问道。

"那是当然。"

"我听说无名重新得到肯定也就是最近的事情，请问无名的名气为什么突然提升了呢？"

唯子紧闭嘴唇思忖了一会，又保持着微笑回答："有意思的是，其实无名近来名气有所提升的原因和他之前被低估的原因是相同的。"

"哦？"风险投资公司总经理环抱着手臂说。

"首先，无名回国后遭到不当对待是由于他的母亲是中国人。因为不是纯粹的日本人，他吃过不少苦头。"

"哦……"

"第二是因为他色弱。"

"咦，是这样吗？"

"没错，知道这件事的人不多。但无名的确生来就存在缺陷，他很难看清某些特定的颜色。相对地，他有种特殊的能力，可以极为清晰地辨别介于黑色和白色之间的颜色。所以墨这种材质是无名最擅长的武器。以前墨给人的印象是朴素守旧，但因为中国市场的打开，这两个原因反而使无名的名气有所提升，确实令人惊讶。"

"没错，他的中国血统和仅有黑白两色的画面都是他的特征，如今也为他带来了正面评价。"香月夫人说。

"您可以在拍卖行的网站上搜索川田无名试试看，肯定能找到许多条信息，买方实在太多。经历过漫长的严冬后，他的真实名气将不会止步于此。"

艺术家本人不在场的好处是，有些话让人很难分清是真话还是假话。根据我的观察，面对唯子如此大胆的营销言论，香月夫妇和风险投资公司总经理都听得十分入迷。而真里子不知何时已经离开了。

"不管怎么说，还是归功于一直以来支持无名的各位收藏家。每幅作品都是无名拼尽全力创作的，尽管每天都有新的客户前来咨询，但如果没有香月先生这样一流的收藏家赏识，他的苦心也会白费。"

"不过你们还是会优先出售给美术馆吧？"

听到风险投资公司总经理的问话，唯子毫不犹豫地回答道："也不是的。出售给个人的作品可以与收藏家相伴，而且也更容易出借参展，从而让更多的人看到。因为有这方面的考量，如今无名的作品已托付给了世界各地的收藏家，实现了真正的全球化市场。"

"太厉害了！"香月夫人感叹道，又提出了问题，"唯子，你是如何发掘无名的才华的？"

"发现新的才华相对比较简单，真正的发掘是支持艺术家的才华，提高他的名气。所以真正意义上发掘无名才华的人，其实是各位啊。"

香月夫妇互相看了一眼，自豪地笑了。

唯子在社交场合能最大限度地发挥出自己的能力，客户自然而然地就会聚集到她的身边。充满自信，甚至有些自命不凡也没关系，毕竟她销售的是摇钱树一样的艺术家。

就在这时，我注意到唯子似乎在看着什么。

我沿着她的视线发现了一名男子。再看向唯子时，她的目光已紧紧被那名男子所吸引。

我似乎在哪里见过他，却想不起来具体的时间和地点。大概是在艺术博览会或者是展览的时候吧。他身材修长，穿着考究的黑色西装，胸口还露出一点红色的方巾。这时，我注意到他把目光投向了这里，便迅速移开视线。

"佐和子，拿点喝的。"

听到唯子的话，我才回过神来。

"红酒可以吗？"

"不用，饮料就行。对了，来点巴黎水吧。"

我独自离开了那里。透过玻璃，我重新看见了一片壮阔的光之海洋。

望着眼前的美景，我脑海中浮现出傍晚运到画廊来的那幅一九五九年的作品。

哪怕玻璃外的这座城市在几十年、甚至几百年后完全变为新的城市，哪怕时光流逝，直到面前如此耀眼的光景消失，那幅画的价值都不会改变。

当然，任何作品与万事万物一样，也许都不会拥有永恒的价值。但在我心中，唯有那幅作品的价值无法动摇。

忽然，我透过玻璃看见了一位认识的男子。回头一看，发现的确是无名的工作室负责人土门。他在这个名流集聚的派对中有些格格不入，看起来就像个随处可见的普通老爹，如今正不悦地举着酒杯站在入口附近。

难不成他找唯子有什么事吗？距离他十几米开外的我完全没注意到，土门将酒杯递给走近他的服务生，便消失在了入口尽头。

我想起我还要为女王大人拿饮料，便穿过人群走向供应饮料的吧台，点了一杯碳酸饮料。我忽然想到，嗜好喝酒的唯子为什么今天不喝红酒了呢？

"你好，打扰一下。"

向我搭话的人是刚才唯子盯着看的男子。他眼角微皱，看起来比较老实，一股男士香水的气味扑鼻而来。

"我们以前见过吗？"见我沉默以对，他又说道，"不好意思，我觉得我们像在哪里见过。"

听到他的声音，我大吃一惊。他是与我仅有一面之缘的唯子的丈夫。

"非常抱歉，我是您夫人的助理。"

我自我介绍后，他思考了似乎有三秒钟，才又露出绅士的笑容道："是你啊，不好意思。我们在画廊见过吧。"

大约一年前，唯子在介绍他时坦言这位是她的丈夫。但因为唯子几乎从来不谈论自己的私生活，我便不知道他们是什么时候结婚的，也不知道他们是在哪里认识的。不过，看到他参加了这次派对，我便提出了自己的猜测。

"您从事和美术相关的工作吗？"

"不是，我是金融行业的。"

唯子的丈夫说着从口袋里抽出名片给我。他叫佐伯章介，看来唯子在工作中使用的还是旧姓。

"我是一名理财顾问，艺术品收藏的咨询也是我工作的一部分。"

"原来如此，您和唯子是通过工作认识的？"

"没有，我认识我妻子以后才开始接触艺术品方面的业务，不如说是和她现学现卖。她和我说过不少画廊的事情。你们最近越来越忙了吧，好好干，毕竟现在无名的名气势不可挡，没有哪位艺术家比他更适合亚洲市场了。"

我拨弄着佐伯的名片，问他："请问，您觉得无名最吸引人的地方是哪里？"我想起松井今天也问过同样的问题。

"应该是他满身谜团这点吧。毕竟艺术家本人从来不露面，作品却层出不穷，只能说他太神秘了。"

我笑着问他："你见过无名吗？"

"没有，我从未见过。"

"要是能见一面就好了。"

"希望吧。"

"你肯定能见到的。"佐伯微笑道。

他给人的感觉就像王子一样，笑容的杀伤力极大。

"毕竟只有唯子才能见到无名，你应该也很难接受吧。"

我没想到他会这么说。但佐伯的脸上还是浮现着一副得体的笑容。

"哪里，我从未这么想。"

我想笑着搪塞过去，但平常的不满仿佛无所遁形，让我有些急躁。说曹操曹操到，我看见唯子从远处向这边走来。

"来啦。"佐伯稍微举了一下手。

"是你啊。"

"我就觉得能见到你。"

"好久不见。"

"我今天早上刚到羽田机场，那幅作品已经送到画廊了？"

我惊讶地看着他们。那幅作品，指代的答案只有一个。原来佐伯知道一九五九年的作品现在在画廊里。

"嗯，顺利到了。我回头和你联系。"

唯子说完便转身走了。我向佐伯点点头，跟上了唯子。

"您丈夫真优秀。"

"我们是分居状态。"

"这……这样啊，很抱歉。这是您的饮料。"

"太慢了，我不喝了。"

现在正是派对最热闹的时候，会场里的宾客正三三两两地交谈着，气氛十分热烈。由于又看到了熟人，我便暗自揣测现在是不是搭话的好时机。正想和唯子说的时候，她倒是先开口了。

"我回去了，不太舒服。"

"没事吧？"

"好像有点累了。"

"我马上给您把包拿过来。"

我赶忙去寄存处取来寄存的物品，再交给唯子。乘坐电梯回到地面，

走到室外时，冷风便从大楼之间的间隙灌进来。天上开始下起了小雨，白天的暖意仿佛不曾存在过一样。

"幸好以防万一带了伞。"

我将折叠伞递给唯子，正想去大路上拦出租车，唯子却阻止了我。

"不用了，我今天开车了。"

我心中了然，难怪唯子刚才选了巴黎水。

"对了，这个给你。"

唯子说着停了下来，从包里拿出一个小小的购物袋。

"今天是你生日吧。"

我来回看着已经先行一步的唯子的背影，以及收到的这件小小的礼物。

实在太突然了。

唯子没有回头看我，只是稍微挥了挥手，说了句"辛苦了"，便撑开伞飒爽地离开了。

"非……非常感谢。"

我还没有说完，她便消失在了人海中。

也许世界上没有人是完美的。但唯子这份笨拙的温柔，有时又让我揪心不已。

购物袋里是一条线一般细的银项链。

正由于这样，我才不知不觉顺其自然到现在。

我对艺术品不怎么了解，也算不上多么喜欢。但我能在画廊里工作，都是因为唯子。

因为太过喜欢，我连伞都没撑便在人群中立刻戴上了项链。

抬头望去，远处的高架桥在大楼之间的间隙里隐约可见，樱花的花瓣混杂着雨水飘散在了夜空之中。在这份喜悦中沉浸了一会儿，我便走向车站。途中路过便利店的垃圾箱时，我将包里免费的招聘传单丢了进去。

电话铃声将我吵醒时，我正在做噩梦。

随处可见的大型商场。贯通上下的下行扶梯。我似乎追在什么人的后面。

奢侈品的楼层、快时尚的楼层、家具的楼层一一掠过。奇怪的是，每一层到处都是商品，却一个人也没有。扶梯也不通向任何一个楼层，一直向着无底深渊延续，看不到尽头。

我的双脚就像不听使唤一样，无论我多么拼命沿着扶梯向下，我和前面人影之间的距离都没有缩短。那个人没有回头，我却清楚地知道是谁。

这时，一阵刺耳的声音响起。

火灾？

眼前出现的是我平常看到的天花板。我出了一身汗。可能因为我突然从深度睡眠中被拽出来，大脑和身体还不是很协调。声音停止的时候，我才意识到是电话铃声。

我躺着伸了个懒腰，看了下时钟发现是六点半。十点半才开始上班，现在起床也太早了。天空已经开始发亮，外面传来汽车驶过潮湿的沥青路面的声音。雨似乎还没停。我起床拉开窗帘，果然是阴沉沉的雨天。

我想起醒来之前做的那个梦。我在扶梯上追的人究竟是谁呢？梦里我明明知道是谁，现在却不知道了。

对了，刚才的电话。因为在画廊工作，有时会有一些没常识的人打国际电话过来，完全不知道考虑时差。我边疑惑自己应该设了睡眠模式，边

从充电器上取下苹果手机查看界面。原来是工作室负责人土门。

土门？

看到意料之外的名字，我有些犯嘀咕。语音信箱里有录音留言，我便打开扬声器试图播放出来，但手机立刻传出了滴滴滴的电子音。土门为什么会打电话给我，而且这么一大早就打电话？我本想思考一下，但刚起床的大脑就像被雾蒙住一般。

总之我按下通话键打了回去。

"你好。"

"佐和子？"

他似乎在外面，有股嘈杂的噪音。

"出大事了。"

这个时间打电话来本身就很奇怪，从他急切的音调中我也察觉出事情非同小可。

"唯子现在很危险。"

"危险？"

"对，有人发现她倒在仓库里。救护车把她送走了，但佐伯联系我的时候好像已经很危险了。"

我发不出声音。

"已经在重症监护室里想办法了。佐伯还在陪着，我替他联系你们。总之先来医院看看吧。"

土门说了唯子所在医院的名称。他问我知不知道地址，我说可以用手机查，便挂了电话。

我看见房间的镜子上映出自己苍白的脸。

唯子倒在仓库了？情况很危险？

我飞奔出公寓，在大街上拦了辆出租车。

窗外掠过几棵樱花树。因下了场雨，白色和粉色的花瓣便散落在沥青路上。看着这一景象，我的脑海中浮现出了昨天送到画廊的那幅一九五九年的作品。

那幅画的全貌，我闭上眼睛都能记得清清楚楚。唯子倒下和那幅作品有关系吗？

就像在刚才的梦中一般，不安涌上心头。

无名现在在哪里？他真的还活着吗？如果知晓无名真身的唯子不在了，无名本身也会消失吗？

我暗暗祈祷，沉浸在混乱的心绪中。

我一到医院便心急火燎地钻进入口的自动门。现在还没有门诊病人，导医台透出一丝光亮，护士们忙忙碌碌地准备着。

"佐和子。"

土门在身后喊我。我没看到佐伯，而土门单手拿着手机，可能在外面打电话。

"唯子呢？"

"这个……"

土门似乎难以开口，低下了头。

"我给你打完电话，她就咽气了。"

怎么回事？

唯子死了？

我不明白，突然听到这些让我困惑起来。

"让我见她。"

我发出的声音仿佛不是自己的。

"现在不行，还有手续什么的没有办完。"

"我就是要见她！"

我的大喊声在空荡荡的候诊室回响。我看到有位护士瞟了我们这边一眼。

"我要赶紧和唯子联系。"

话一出口，我就反应了过来。

"佐和子，冷静下来。"

土门用令人难以置信的冷静的语气说着，并让我坐在板凳上。

我紧紧握住他递给我的手帕。医院里实在太安静了，略微能听到淅淅沥沥的雨声。

手放在颈部时候，指尖触碰到了项链。那是我从昨晚就一直戴着的生日礼物。

"佐伯说他想两个人待一会儿，再等等吧。"

我抬起头，看着土门。

"佐伯和你一样，医生告知死亡消息时非常慌乱。"

"请问，她是怎么死的？"

听到我的询问，土门叹息了一声回答："好像是窒息而死。"

"为什么是那种死法？"

"详细情况还不清楚。"

我用双手捂住脸。

过了一会儿，我去了唯子所在的房间。

佐伯独自靠在墙上，恍惚地盯着远处，似乎完全未注意到我们。唯子的遗体放置在白色的平台上，要说是床未免太硬了一些。

我畏缩着靠近，想伸出手掀起盖在她脸上的白布，突然一股恐惧袭来，让我几乎吐出来。我的指尖冷得像石头一样，始终无法掀开那块布。我们昨天还一起工作，那时与如今面前这样的她之间，隔着无法跨越的鸿沟。

"真的，非常抱歉。"

听到佐伯的声音，我回过头去，只见门边的土门身旁站着一位矮小疲惫的年长女子。她应该是从京都坐首班车匆忙赶来的唯子的母亲。她没有回应佐伯的话，看见放在太平间里唯子的遗体时，便放下行李扑了上去。

"唯子！你怎么了？醒醒啊，唯子！"

唯子母亲想抱住唯子时，唯子脸上的白布被碰掉了。她全无生前的模样，面色苍白，双眼紧闭。常有人说像睡着了一样，但眼前横放着的唯子的肉体上只是弥漫着死亡的气息。

唯子的母亲发出含糊而绝望的喊声。

她无力地瘫倒在地，却紧紧抓住唯子的遗体，不让遗体从床上滑落下来。在土门喊来的护士将唯子的母亲带到休息室之前，她一直失神地喊着唯子的名字。

唯子的母亲受打击太大，站都站不起来。医生只好借了医院的空床位，让她躺在上面打点滴。但无论怎么问话，她都毫无反应，漠然以对。她不像是故意沉默，倒像是得了失语症。

医生说她血压太低，随时有可能倒下，便先给她开了镇静剂。估计是精神方面的吧，最好能安静几小时。

我踉跄着走到过道上，蜷曲着蹲下。

"没事吧？"

抬起头，便看见佐伯满脸惨白地站在那里。我什么都说不出口，两个人沉默了一会儿。

"请问，唯子是倒在画廊的后院吗？"

听到我问，佐伯像是花了几秒回过神来，回答道："是在品川的仓库里。"

"为什么会在那里？"

"我不清楚，具体情况警察正在调查。"

"警察。"我自言自语道。

佐伯说明了一下之前发生的情况。

昨晚派对后，佐伯见过客户，十点左右就到了家。他给唯子打了电话，但没有接通。他等着唯子的电话就睡着了。不到四点时，他接到医院的电话，得知唯子被送到了医院，也慌忙告知了唯子的母亲和土门。是深夜前来巡逻的安保公司警卫发现了失去意识的唯子。

我回想起昨晚的事情。

唯子在派对会场说她身体不太舒服，便提前开车回家了。她特意为我准备了生日礼物，在临别时给了我一个惊喜，至今还温暖着我的内心。没想到那竟是最后的告别，一想到这里我便要哭出来。我还没有正式向她道过谢。

我不禁发出一声长叹。

在候诊室里休息了一会儿，我便给松井打了电话。尽管我不想说，但我必须要告诉他事实。

"你好。"

"喂，早上好。"

"你还在家？"

"我已经到画廊啦。"

"真早。"

"还有一点工作没处理完。正好装裱工人来了，我怎么和他们交代？"

"不好意思，我现在在医院。"

"咦，你感冒了吗？"

面对松井的胡言乱语，不知为何我居然笑了起来。

"其实，唯子她……"

说到这里，我顿住了。

"怎么了？"

我强忍住快溢出的泪水，组织了一下语言。

"唯子她……去世了。"

松井和今天早上的我一样，似乎也愣住了，不知如何面对。最后他说会让装裱工人过几天再把酬金的账单发过来，之后再详细和他们说明情况。又问我现在能不能去医院，他立刻就过去。之后便挂断了电话。

快到中午的时候，唯子母亲的身体稍微恢复了一些，已经可以从床上起来了。这时，到了医院以后一直在抽泣的松井也平静下来，回画廊去了。我代替忙着办手续的佐伯，准备送唯子的母亲去旅馆。我跟她说，先出发

吧。她却对我说，去旅馆前她还有一个请求。

"你可以带我去我女儿的家里看看吗？"

唯子母亲的脸上毫无生机，痛苦地叹了一口气，说道："我和我女儿已经十年多没见面了。她来东京以后就一直没和我联系，我也不知道她过得好不好，很担心她。现在突然发生这种事，我也不知道怎么办。"

我和佐伯说了这件事，他便递给我一把备用钥匙，说让我带唯子的母亲去唯子的住处。

"希望你最好能陪在她身边，唯子是单亲家庭。"

听到这条意外的消息，我有些吃惊。

唯子和佐伯分居后住在木黑区的高层公寓里。

坐在出租车里时，我再次偷偷看了眼唯子母亲的侧脸。我从未听唯子提过家里人，没想到她是单亲家庭，这与她给人的感觉大相径庭。

而且不管怎么看，这位母亲与唯子一点也不像。唯子相貌精致、身材高挑，十分惹人注目。而这位母亲长相普通，身材有些矮胖。就算突然得知女儿去世大受打击，但她身上的衰老和疲惫早已深入骨髓。她们唯一相像的只有声音，不过唯子经常说她讨厌自己的声音。

"给你添麻烦了。"唯子的母亲小声嗫嚅道。

"哪里，一点也不麻烦。唯子工作非常优秀，我从心底里尊敬她这位上司，我也很难过。"

但唯子的母亲似乎完全没听到我说的话。

"她以前就喜欢漂亮的东西，性格也比较浮躁。要知道会发生这种事，我就是强迫她也要把她带回去。"

满腹野心的唯子在信奉本分是真的母亲眼里，肯定是个难以理解的女儿。问过后我才知道，唯子的母亲在当地的养老院工作，独自过着朴素的生活。站在唯子母亲的角度来看，女儿好不容易从大学毕业，最好在本地当个公务员，过上稳定的生活。她却去了东京，之后便杳无音信。简直就是不孝。

我不禁觉得，暗自担心女儿会不会因为生活奢侈而负债的唯子母亲有些可怜。又想到唯子为了摆脱束缚来到东京投身艺术界确实强势和勇敢。

铺满大理石的豪华大门让人觉得就像来到了高级酒店一样。我询问保安如何进入公寓，对方告诉我入口处有内线电话，可以打给管理员询问。我说出名字和房间号后，对方似乎已经和佐伯联系过了，便痛快地为我打开了电动门。进入铺着地毯的门厅，站得笔直的管理员已经在那里等候了。他深深地低下头，向我们表示了哀悼。

"她是永井的母亲，我们可以去永井的房间吗？"

"当然。"

这栋公寓里据说住了不少名流，因此非常注意保护住户的隐私。从入口到电梯之间设置了好几扇玻璃门，每一扇都需要钥匙开锁，在电梯里也需要用到房间的钥匙，而且只能停在所住房间的那一层。

走出电梯，我们与其他住户擦肩而过。我觉得好像在电视上看过便回过头去，却不知道是谁。唯子的母亲看到女儿住在这样的公寓里，不禁有些哑然。

"唯子为什么会住在这种地方？她哪里来的钱？"

我虽然没有参与画廊的经营，但也能轻易想象出唯子的收入颇为可观。想到我自己住在昏暗的一室户，为了能支付房租和水电费拼命节省伙食费，

不禁觉得自己更加悲惨了。

　　房间是三室一厅。客厅整理得很整洁，但书架附近堆满了没有收纳进去的书。书的种类繁多，有拍卖会的名录，有销售前就要制作好，仅分发给特殊会员的厚册子，有专业的美术书，还有应该是她正在学习的有关股票和经济的商务书等。

　　另一个房间几乎是用来保存作品的，其中不自然地空出了一块宽五十厘米、纵深三米的空间。很明显可以看出，昨天运到画廊的一九五九年的作品原本应该放在这里。我记得我从送货的浦那里接过收货单时，揽收地确实是唯子的家中。

　　我突然发现在客厅的边几上放着一本旧册子，纸张已经泛黄，破损得有些严重。

　　其中夹着一张崭新的便笺，与它的陈旧感不太相称。我拿在手中，发现是无名在纽约老牌画廊举办的展览的名录。要是美术馆还好，但展览的名录一般很难入手，在网上和图书馆都不一定能找到。

　　而且我还检查了一下内页，上面写着一九六〇年。

　　这毫无疑问是传说中无名首次个展的名录。

　　我本想翻看一下，听到唯子母亲的声音便收手了。

　　"唯子！"

　　唯子母亲的视线落在放在书架里的相框上。

　　那张照片上是年幼的唯子和她的母亲。唯子的母亲泪如泉涌，大滴的泪珠从她眼中落下。看到女儿和自己照片的那一刻，她便失声痛哭起来。望着唯子的母亲，我不禁想起了自己和父亲的关系。如果我像唯子一样突然死去，我的父亲会像这位母亲一样哭泣吗？

我不知道应该说什么，便向她走去，将手放在她颤抖的肩膀上。但她轻轻拂去我的手，待在原地号啕大哭。我坐立不安，只得又回到边几旁，看向那本名录。

看到便笺所在那页刊登的作品时，我惊呆了。

就是那幅一九五九年的作品。

我用力眨了眨眼睛，又看了一眼。绝对没错，现在放在画廊里的作品，正是那幅华丽登场的顶尖之作，也就是无名的真迹。

我按捺住焦躁的情绪，寻找应该印在最后一页的清单，上面写着每幅作品的详细信息和价格。零的数量比现在少了一大半，但只有那幅关键的一九五九年的作品没有标明价格。

作者收藏。

上面标注的拥有者是画家本人。也就是说，其他作品都卖出去了，但只有这幅作品，长久以来都留在无名的手中。

"那个……"

听到声音，我回过神来，看向唯子的母亲。

"多谢你了，我的心事已经了了。"唯子的母亲小声说道。

"那就好。"说着，我慌张地将展览的名录放回原处。

在送唯子母亲去酒店的出租车里，她断断续续地讲述着唯子的成长经历。唯子还没有记事时，父母就离婚了，父亲组建了新的家庭。

"她很要面子，同学也不知道她是单亲家庭。上高中以后她就和我疏远了，也不知道用哪里来的钱租了个便宜的公寓，开始了一个人生活。我也是后来才知道她考了东京的大学。没想到我们还没有怎么说说话，她就

死了。"

说到这里，唯子的母亲低下了头，用手帕按住眼角。

"但我今天有点明白了。对她来说，金钱就像是她的护身符。我们家很穷，小的时候就让她吃了很多苦。我要是早点理解她就好了。"

出租车到达旅馆后，我对唯子的母亲说："以后有什么事情需要帮忙，尽管和我联系。"

看着消失在旅馆入口处的矮小背影，我还是很难想象出她是那个强大到与世界为敌的唯子的母亲。

唯子的护身符真的是金钱吗？

我独自一人坐在出租车里，思考着唯子母亲最后说的话。应该还有其他重要的护身符吧？无论赚多少钱都无法换来的，更重要的事物。

苹果手机铃声响起，我看了一眼，原来是佐伯。

"您好。"

"情况怎么样了？"

"我已经把她送到旅馆了。"

"多谢你了。"佐伯说道。

我简单说了一下唯子母亲的情况，对自己发现名录的事情闭口不提。

"你等会儿也去画廊吗？"

"对，那您呢？"

"我一会儿要去接受下问询。"

我抬起头，重新拿好苹果手机。

"去警察那边吗？"

"对，他们刚才通过医院联系我了。毕竟她倒在仓库里了，情况还是不一样的。"

佐伯像是在劝说自己。

"但刚发生这种事就要问询，实在是……"

"是啊，我还没调整好心情。"

佐伯在电话中叹了口气，我沉默了一会儿看向外面。出租车在红灯前停下，一名老人从人行横道上缓缓走过去。这时，佐伯用沉重的语气问我："对了，你知道无名的联系方式吗？"

"我不知道。"

"也是。我本来想和他联系，但别说电话号码了，什么信息都没有。"

信号灯变绿了，出租车向前驶去。

"也不知道这位画家现在在做什么。"

我也是这么想的。

无名究竟在哪里呢。唯子已经死了，他还打算继续隐居吗？保存在画廊里的那幅一九五九年的作品应该怎么处理呢？我撑着脑袋思考着。那幅作品无名一直小心保存，对他来说应该极为特别。既然如此，就不应该放在我们画廊里。

回到画廊后，我接到了土门的电话。我和松井便在门的玻璃上贴上临时停业的通知，前往品川区的工作室。平常去仓库区时我都坐电车，今天却坐了出租车。过了两点以后，雨下得大了一些，也起风了。

"为什么会发生这种事？"松井似乎不想陷入沉默，开始絮絮叨叨起来，"怎么说呢，身边有人去世实在太难受了。不过，有这种感觉也正常。"

我沉默以对。出租车窗户上附着的无数水滴将信号灯与汽车尾灯的各

色光线尽数吸收，外面的世界看起来有些扭曲。

"就像做梦一样，完全没有真实感。我也不清楚现在是什么情况。"

的确如此。

我也是，昨天还满心抱怨工资太低、工作太忙，没想到现在会发生这种事。我本想这么说，却没有说出口。现在唯子刚刚去世，在出租车里和松井说这些，感觉不太合适。但松井向我问道："我们画廊要关门了吧？"

我回答不出来。

"唯子已经不在了，现在谁能和无名联系呢？"

沉默。

"无名真的……"

"别说了，我都知道。"

我靠在窗户玻璃上，眼看着自己呼出的气体将它染上白色。我逼迫自己保持理性，压抑心中的负面情绪。

正如松井所担心的那样，我们画廊会关门吗？我在苹果手机上查了一下，当私营企业的业主死亡时，企业便随之消亡，或者将经营权转移给业主的继承人。唯子的继承人就是她的配偶佐伯，所以将会由佐伯来销售无名的作品吗？但我不觉得他能像唯子那样处理好这方面的工作。

我想起唯子家中那本纽约画廊的名录。

那幅一九五九年的传说中的作品当时是由画家自己收藏的。

画家自己所有的作品要么是佳作，要么是有一定感情的作品，大多数情况下不可能轻易脱手。在那之后，画的拥有者也有可能发生变动，但比较自然的情况是，无名将自己长期保存的作品托付给了唯子。也就是说，无名应该还活着吧。

出租车从奢侈品林立的豪华商业区主干道驶过酒吧集聚的坡道，穿过纵横交错的首都高速公路下方。周围突然变成了朴素的写字楼区，没什么高楼，建筑物的数量也变少了。在这片区域里，汽车展厅和宽敞的停车场格外显眼。不过从闹市区只开了十五分钟的车，周围就如此冷清。

我们在仓库区的一角下了出租车。由于下雨的关系，到处都非常昏暗。我们撑起伞沿路走去，路过不少堆积的集装箱和列车的铁轨。这片仓库区也有其他艺术家的工作室，我想无名在纽约独立创作时应该也在类似这里的地方。

虽说是在萧条的仓库区独立创作，但因为这片区域是艺术家的活动据点，也逐渐变得有名起来，甚至开了不少时髦的时装店。

向码头走五分钟，就能看到彩虹大桥。天晴的时候连对岸的御台场都能看得很清楚。今天天气不好，四处笼罩着薄雾。仓库区里面向东京湾的一角便是无名的工作室。这栋建筑原本似乎是造船厂，现在一楼是制作区，二楼是办公区。入口是一扇方便装卸运输的巨大卷帘门。我们进去后，向一名工作人员搭话。

"你好，我们是画廊来的。"

我走近后，那名工作人员只是摘下帽子稍微低了低头，便逃也似的回去工作了。

工作室里共有四名全职的工匠负责作品的制作。除此之外，繁忙时期会雇一些临时工，还有一名负责行政的兼职员工。

一楼北部的天花板附近装有玻璃，柔和的自然光便铺满这里的每一个角落。整片场地分为几个区域，有负责准备工作的，有负责制图的，有负

责善后的，有负责摄影的，等等。工作室总体采用分工体制运营。第一次来工作室的松井似乎觉得很新鲜，探头探脑地四处看着。

"那些全都是砚台吗？"

松井指着里侧架子上摆着的一长排东西问道，但附近的工作人员只是稍微低了下头。我感到有人看我，便回过头去，发现是资历最老的工匠师户正盯着我们看。

"请多关照。"

我小声说着客套话和他们打招呼，对方却毫不理睬。看来工作室的工匠不怎么欢迎我们。

"请上楼。"

土门从入口旁边的铁质楼梯上下来，对我们说。我们听从他的安排上了二楼。二楼是办公室，大概放了六台电脑，这里负责管理作品档案以及对外联络。所有工匠都聚在二楼，集中坐在不成套的折叠椅和圆凳上。映入眼帘的是一张泛黄的标语，上面写着"禁烟"，可能是造船厂时期留下来的。

"大家可能都有所耳闻了，今天我再次说明一下现在的情况。无名多年来的商业合作伙伴、负责销售作品的永井唯子被发现倒在仓库里，今天早上在医院已经咽气了。"

鸦雀无声的工作室里，土门继续平静地指挥事务工作。

"佐和子，你负责通知工作上的合作伙伴。事发突然，尽量不要引起混乱。"

我点头示意自己明白了。

"她的家人呢？"

出声询问的是师户。

"佐伯正在办手续，唯子的母亲已经坐新干线首班车到达东京了。"

"无名知道吗？"

师户的问题说出了在场每一个人的心声。

"还不清楚。"

土门只说了这一句话，便对此闭口不谈了。大家正等着下文，现场却陷入了沉默。其他员工等得不耐烦了，又重新问道："是联系不上吗？"

"我们希望谨慎考虑后再告知他。"

"土门，谨慎什么啊？"

"他到底在哪？"

面对员工不断的提问，土门似乎有些焦躁。他用手指按住太阳穴，强硬地回答道："我已经说过好几遍了，我近期就会和无名见面商讨，就是这样。"

"等等，土门。"师户说道，"我们一直以来都是因为相信无名的艺术品才如此卖力工作的，唯子也是我们的同仁。所以就算见不到无名，就算工资不高，我们也拼命工作着。现在发生了这种事，我们当然有权知道无名的态度。我明白你的难处，但能告诉我们无名在哪里吗？"

师户的发言中流露出长期以来郁积的不信任。

看到在工作室工作的工匠们不满情绪如此高涨，而年长的师户和负责人土门之间已经形成对立，我不禁有些吃惊。当然也明白获得其他员工支持的一方自然是老资历的工匠师户。土门避开师户的提问回答道：

"正如师户所说，唯子对我们来说不可或缺。但不能因为她死了，我们就不干了。我们应该像往常一样，为创作无名的艺术品而努力。"

师户打断了土门的话："土门，我先说好，无名的艺术品不是你的也不是唯子的，当然也不属于我们，而是无名自己的。"

土门不理睬师户，看着我说道："我听说佐伯现在打算接管唯子的画廊，唯子手头的工作暂时交给佐和子完成。"

"我吗？"

在场员工的视线一齐转移到我身上。

"我知道肯定还需要其他人帮忙。今后的工作重心应该将会转移到纽约的合作画廊，在一切都安排好之前，还请你按照佐伯的指示开展画廊的业务工作。"

一直没说话的兼职行政员工也开腔了：

"正如土门所说，现在正是要销售作品的时候。失去了现在的机会，以后无名可能很难重归现在的巅峰地位了。他是否能名留青史，胜负在此一举。"

土门听到这话，重重地点了点头，用复杂的表情看着我。

"能告诉我们近期的安排吗？"

在工作人员的注视下，我简单说明了画廊今后的业务安排。

"佐和子，我知道可能会有些困难，我们会尽力帮助你的。"

不行，太胡来了。我心中想着。

要让我接手唯子之前雷厉风行完成的工作，不管怎么想都不可能。

——对不起，我真的不行。

我正要说出口时，想起了放在画廊后院里那幅巨大的一九五九年的作品，便闭上嘴，没有出声。

看来工作室的人还不知道那幅曾在传说中的纽约展上展出的作品。他们要是知道，肯定会讨论那幅画的。我不知道那幅画要卖给谁，也不知道那幅作品应不应该放在画廊，但唯子说过不能告诉任何人。所以我肯定也不会告诉工作室的人。

我摸着唯子最后送给我的那条项链。

"怎么了？"

听到别人的询问，我条件反射般地回答："不，没什么。"说出来的秘密永远也不会变回秘密，但想说随时都能说出口。土门盯着我看了一会儿，我心里有些不舒服。幸好他转换了话题。

"等一会儿警察好像要来，今天大概回去得会比较迟。"

我与身旁的松井面面相觑。众人集中在土门和我身上的视线也因为不安而四散开来。

"唯子为什么突然倒下了？"一名工作人员问道。

"现在还不清楚。"

"是强盗吗？"

"那应该去画廊吧。"

工作人员们议论纷纷。

"总之，警察还在调查。"

土门说得事不关己一样。我看了看师户，只见他环抱手臂，露出阴沉的表情。

"我们也留下来比较好吧？"松井问土门。

"不用了，警察说他们也会去画廊，你们俩就在画廊等着吧。"

土门说完后，似乎想暂时告一段落，便让工作人员解散了。我走近身后的师户，对他说："师户，关于作品的问题，以后我要是有不明白的地方，

可以来问你吗？"

"去问土门，你没事了就赶紧走吧。"

师户一脸不耐烦，对我毫不顾忌。

为什么拒绝得如此彻底？工作室和唯子之间可能会存在意见不合，但唯子都已经去世了，现在还是这个态度肯定有其他原因。

难不成他们隐瞒了什么亏心事？有什么绝对不能让外界知道的企图？他们令人难以理解的反应不得不让人产生这些疑问。

从工作室出来后，雨停了。一辆卡车驶过沥青路上的水洼，溅起了水花。抬头仰望天空，飞机一闪一闪地缓缓穿过厚厚的云层。

"佐和子，你要去看看吗？"

"去哪里？"

"去仓库啦。"

松井用半是害怕的语气说道。

"为什么要去那里？"

"也不是不能去吧。"

我惊讶于松井这种凑热闹的行为，但还是在回画廊之前顺路去了趟仓库。

这栋租借的仓库距离工作室步行大约十分钟。仓库里一整天都比较昏暗，也没什么人。每一层都有几个一百平方米大小的区域，唯子租借的仓库在三楼。仓库里除了无名的作品，还保存着她自己的收藏品以及狭小的办公室里放不下的办公用品。

这栋仓库的建造年份久远，无论怎么说，安保措施都算不上完备。现在发生了这种事，我不禁想着，要是租一间安保措施更完备的仓库就好了，多花一点费用也没关系。但这栋仓库是无名从籍籍无名时就一直在用的，等他名声大噪后估计忙得没空搬迁，这才睁一只眼闭一只眼用到现在。

卡车装卸区的入口处贴着黄色的胶带，附近停着几辆警车和小轿车。

"哇，好像拍摄现场。"

松井语气兴奋地说着。我们被入口处的警官拦住了，我便说明道："您好，我们是这栋仓库的租户。"对方毫不掩饰脸上的惊讶，让我们吃了一个闭门羹："今天禁止进入，明天再来。"

"我们是昨天案件里被害人的下属。"松井毫不退后。

警官用怀疑的眼光从上到下打量了一下我们，说了句"稍等一下"，便对无线电通信机说道："楼下有相关人员前来。"他挂断无线通信后，对我们说："在这里等一下。"

"我们不能上去吗？"

"要等负责人过来。"

不过，平常十分荒凉的仓库现在有那么多人，简直像走错了地方。从巨大的货梯上下来的是一名身着西装、身材结实的男子。简单打过招呼后，对方要求我们提供身份证明。

"你们能确认一下仓库里有没有作品被盗吗？"

"稍微花一点时间应该可以。"

"麻烦你们尽快完成。对了，戴上这个。还有，有些地方的鉴定还没有完成，除了允许进入的区域，其他地方绝对不要进去。"

对方在电梯中向我们进行了说明，将手套递给我们。租的房间大门大开，鉴定员正在工作。我胆战心惊地瞟了眼里面，地面上放着一些标识和

文字指示牌，没有血迹。乍一看和我上次过来时没什么区别，心中便松了口气。

"那就麻烦你们了。"

在周围搜查员的陪同下，我们开始了工作。首先逐一检查打包好的作品上贴着的贴纸，再和苹果手机里保存的库存清单比对。经过确认，没有作品丢失，也没有作品增加，一切都和数据吻合。

但我总觉得放不下心来，有种回到刚重新装修过的房间里的感觉。

变的是作品的位置。和我上次来整理时相比，作品所在的位置发生了变化。

不过我又不是很确定。毕竟现在有那么多鉴定员和搜查员，不感觉奇怪那才叫不正常。

"怎么了吗？"

听到身后的询问，我立刻回答：

"我简单确认了一下，没有作品丢失。"

"好的。如果有什么在意的地方，尽管告诉我们。"

这时，穿西装的男子正好被入口处的鉴定员叫住了。他对我们说："之后会有其他人去画廊，到时候会详细询问你们情况。"说完便回去工作了。

回到画廊的时候，太阳已经完全落山了。

我们按照土门所说，将写有唯子突然去世以及葬礼事宜的讣告发给相关人员。有人立刻就回复了，也有人完全没有理睬，内容也各不相同。还有人激动地打电话过来。

这一切都是我第一次应对，也不知道做的对不对。我只是按照自己理解中助理应当采取的做法来行动。随着工作的进行，唯子的死亡才慢慢地在我心中留下实际的感觉。

过了两个半小时，发邮件的工作才告一段落。我停下敲打键盘的手，瞄了一眼后院，确认那幅超过两米宽的一九五九年的作品是否还在那里。明明谁也不会去那里，作品也不会长出脚来自己跑走，肯定还在那里，但我还是感到害怕。如果作品不见了应该怎么办？

我打开后院的推拉门，看见那幅作品依然和昨天一样，只是潦草地打包了一下竖在那里。看到它和谐地融入其他作品中间，我放心地舒了口气。

坐在接待室的沙发上，可以看到窗外用灯光装饰着的盛开的樱花。当我独自加班身心疲惫时，看到这幅美景，便有种我也属于上流阶级的感觉。但如今画廊失去了主人，我只能感受到那美丽而明亮的夜樱凋落时的悲伤。

"佐和子，有人来了。"

听到松井的声音，我慌忙站了起来，回到办公室。在办公室和展厅中间的柜台附近，有一对穿着西装的男女。男性大约五十多岁，嘴上露出笑容，眼神却颇为犀利。女性相对来说年轻一点，看起来比较朴素。她在柜台对面自我介绍着：

"刚才在仓库好像是其他人接待你们的吧，感谢你们的理解。我叫金谷，这位是丸桥警部补[1]。"对方说完开场白，便立刻对我说道，"田中佐和子，我听说你是在工作上和永井接触最紧密的人，可以询问你一些问题吗？"

"好的，您说。"

1　警部补是日本警察的阶级之一，位居警部之下，巡查部长之上，负责担任警察实务与现场监督的工作。——译者注

我领他们进入里间。注意到后院的门还开着，而且能看到那幅打包好的超过两米的作品，我便若无其事地关上了门。

"那边是仓库吗？"

听到金谷询问，我有些吃惊。

"不是，要说是仓库也太小了，就是个后院。"

"里面放的是什么？"

"就是作品。"

"什么作品？"

听到如此含混的问题，我犹豫道："就是制作好的作品。"

金谷听到这个答案有些疑惑，但我也不知道除此之外应该怎么回答。

"这也是作品吗？"

她指着自己身后墙上挂着的无名的八十号绘画作品问道。

"没错。"

这时，不时回头看看作品的丸桥发话了：

"还挺好看的。"

我不知道应当如何回答，便低下了头。

"我对艺术品不太了解，这幅作品大概价值多少钱呢？"

作品的价格都是以美元计算的，我特意换算成了日元回答他们。

"大概是两千两百万日元。"

丸桥吃惊地露出夸张的表情，对于这种反应我已经司空见惯了，但金谷却面不改色地飞速记着笔记。

"感觉挺不真实的。"

"对，我也觉得。"

我用了一年多时间才做到能准确无误地回答出几百万以上的价格。还没有习惯的时候，也经常弄错零的数量。

金谷抬起头询问道："对了，这家画廊一共把作品保存在几个地方？"

"除了画廊的后院，就只有品川的仓库了。"

"两个地方有什么不一样吗？"

"无名的作品基本上都很大，因此所有作品都会暂时先保存在品川的仓库。只有出示给客人的作品以及近期打算卖出的作品才会运到画廊来。"

"你经常去品川的仓库吗？"

"对。"

"还有什么人会去？"

"比我晚进公司的松井、工作室的人、运输公司，当然还有身为经营者的唯子。唯子也会带外面的人过去，不过这种情况非常少。除了作品以外，唯子还会放一些私人物品在那里，所以可能她的家人或者一些我不知道的人会去那里。"

"你应该已经知道了，永井是在品川的仓库里被发现的。"金谷边记笔记边说道。

听她谈到案件，我便摆正姿势。

"你知道她为什么深夜一个人在那里吗？"

"我也不清楚。"

"会不会因为有工作没有完成呢？"

"工作的话，一般就是整理仓库或者陪同揽件，都是我们助理的职责。唯子是领导，她很少会因为这个目的一个人去仓库。更何况那边深夜哪会有什么事呢。"

"原来如此。"金谷又抬起头看着我，平静地说道，"永井死亡的时候，颈部有被勒的痕迹，极有可能是他杀。"

是他杀。

唯子是被勒死的。

我早就应该知道的。就算是因病而死，深夜一个人在仓库里也太奇怪了，而且她绝对不可能自杀。但再次得知这一消息，我还是很难隐藏自己的震惊。

我无意识地长叹了一口气。

"为了帮助我们捉拿犯人，无论是多么微不足道的信息，都希望你能说出来。这些信息很可能成为搜查的线索。我们能体谅你现在心情很难过，但还是请你相信警察，把你知道的都说出来。"

我点了点头。

"你最后一次见她是什么时候？"

"她去世之前我们一起去参加了派对，应该就是我目送她回去的时候。"

"你们说了什么吗？"

"她说身体不舒服，想早点回去。我觉得应该只是因为工作一天了有些疲惫吧。"

"有没有迹象表明，永井在派对之后要和什么人见面？"

"没有，她什么也没对我说。"

我回答完之后便陷入了沉默。

回想起昨天的事情，我觉得有些不对劲。那天晚上，嗜酒的唯子居然点了饮料。

"有什么在意的地方尽管说。"

"是这样的，唯子昨天是开车上班的。但她家在目黑区，坐地铁其实更方便，而且那天有派对，我在想她为什么要开车过来。"

"应该是为了要去仓库吧，永井的车就停在停车场。"金谷说道。

这时，昨晚的景象在我眼前闪过。

首都高速公路的高架桥下，高楼环绕着的狭小天空，樱花的花瓣凋落下来。周围有不少喝醉酒的人，风裹挟着小雨吹了过来。我当时因为收到礼物太开心了，才没有注意到，那时唯子好像是向着与停车场相反的方向离开的。

"但她有可能在去仓库之前还有其他事，因为她不是朝停车场的方向走的。"

金谷表示理解，用圆珠笔记录着。

"她平常经常开车上班吗？"

"没有，不怎么多。"

我看了看日程本上的日历，说道："每个月有一到两次吧。"

"对了，你和永井分开后去哪里了？"

"去哪儿啊，我直接回家睡觉了。"

尽管有些吃惊，我还是回忆着说道。

"大概几点到家的？"

"具体我不记得了，大概是十点。"

"你一个人住吗？"

"对，没错。"

"所以没有人能证明，深夜两点至三点期间你在家对吧？"

我心惊了一下。

金谷似乎看出了我的焦躁，补充说道："不用担心，我们不是在怀疑你，只是需要确认一下细节。你能尽量详细说明一下你和永井之间的关系吗？"

"我是唯子的助理，在画廊工作已经三年了。"

"你们画廊只销售川田无名的作品吧？"

"没错。其他画廊会销售许多艺术家的作品，还包括新人，但唯子只负责无名的作品。"

"说一下画廊和工作室的关系吧，比如工作内容和收入分配。"

"画廊只负责销售作品，因此需要和客户打交道，也要开拓新市场。但想从根本上提高作品的价格，不能只靠销售，还需要和国内外的美术馆以及国际展会交涉，以便有机会展出作品，还要进行市场调查。怎么说呢，算是整体的品牌推广。"

"原来如此，那么工作室就只负责制作了吧。"

"没错。"

这时，丸桥的嘴角浮现出一丝笑容，询问道："我过来之前，也和工作室的人谈过了。听说无名基本上不会出现在工作室，是吗？"

"对。"我点点头。

"我们对艺术品不太了解，不过难不成画家本人不在场，也能创造出作品吗？"

我在回答时尽量说得简洁易懂。

"所谓的作品，不仅只是画一幅画就结束了，因为它本身具备一定的评论行为。尤其在当代艺术品市场上，概念和创意拥有一定的价值，它们与制作时间和花费的功夫不成正比的情况也不少见。有很多艺术家都会出售并非自己亲自完成的作品。"

丸桥可能觉得这个回答没什么意义，便不再追问，转移了话题。

"我想问问川田无名的情况。他现在住在哪里，平常都做什么，告诉我任何事情都行。"

"其实，我完全不知道他的住址和日常生活情况。"

"你见过他吗？"

"没有。"

"那你知道永井和川田在哪里见面吗？"

"我不知道。"

"麻烦了啊，为什么要把川田隐藏得这么深，有什么必要吗？"

"这是种营销手法。"

"营销手法啊。"

丸桥和金谷不同，他表情温和，询问对方时的手法较为老练。但他的语气中表现出，他很难理解画廊和无名。

对于刑警来说，艺术品本身肯定很难理解。看到作品时说出的那句"还挺好看的"，似乎有些轻视的意味。可能在他们眼中，艺术品只是装饰墙面的东西而已，价格还离谱得像诈骗一样。

所以他们同样很难理解从事相关工作的唯子和我。无论我怎么说明唯子在工作中有远见和热情，他们也不会理解。

"那么收入是怎么分配的？"

"我们的情况是，画廊分百分之五十的收入。"

"百分之五十吗？"

"怎么了吗？"

丸桥笑着表示没什么，但他的笑容似乎有种大获全胜的感觉，让人觉得不太舒服。

"我就是猜想一下，画廊的工作就是作品卖得好收入就很可观，但应该也没那么容易。同行之间会不会产生摩擦呢？"

听到金谷的问题，我想了一会儿，说明道：

"唯子成立画廊的时候，日本还没有什么运营当代艺术品的画廊。随着市场的扩大，我觉得其他画廊也是同甘共苦的伙伴，才一起坚持到现在。"

"所以不存在得罪同行的事吧？"

我的脑海中浮现出真里子的面孔，我稍微思考了一下回答道："毕竟业界的圈子小，摩擦还是很难避免的，详细情况我也不清楚。"

"也就是说，可能有人对她心怀怨恨吧？"

我回答不出来。

"比如她会不会借钱给别人，或者向其他人借钱呢？"

"我没怎么听说。"

"但你当了三年永井的助理，应该是最了解她的。"

"三年很短的。我的确在工作上和她关系最近，但工作实在太忙了，我对她的私生活完全不了解。"

"说到私生活，你和佐伯认识吗？"

听到金谷询问，我点了点头。

"认识，案件发生之前我在派对上也见到他了。"

"你对他们的关系知道多少？"

"不多，我就知道他们在分居。"

最后，我不再一味回答问题，自己也发话了：

"对了，无名大概有七十多岁了。"

"怎么了吗？"

金谷抬起头。

"那你们还要怀疑他吗？"

因为还在调查，可能没法说太多，但金谷还是面不改色地说道："最近老年犯罪者有所增加。"

二人的提问结束后，我已经精疲力尽了。但他们接着又把松井喊过来，开始向他提问，让我不禁感叹他们真是体力充沛。我打开了电脑，但接下来也没有什么事可以做了。

在末班电车上摇摇晃晃的时候，我打开苹果手机看了一眼，发现有一条语音留言。我机械地点开提示，原来是父亲留下的。

父亲很少和我联系，这次估计是因为他在大学的东洋美术史研究室当客座讲师时，唯子是他的学生，也是父亲让唯子和我相识的。我按下语音留言的播放键，将苹果手机放在耳边。

"佐和子吗？"父亲和以往一样，闷声闷气地说道，"事情好像挺严重的，你没事吧？"

没想到会听到这句话，我紧绷了一天的神经放松了下来，泪水不禁涌上了眼眶。

"我知道你忙，就不要给我回电话了，我回头和你联系。"

几乎没有人知道我的父亲在京都当美术馆馆长。

可能因为田中这个姓氏太常见了，我自己不说没人会想到。不知道是不是因为考虑到我的关系，唯子和父亲也没和其他人说。

父亲的专业是东洋瓷器。他的家境算不上富裕，但对手工艺品颇有了解。除了手工艺品，他在绘画和书法方面也造诣颇深。父亲在我年幼的时候就会带我去博物馆接受熏陶，不过遗憾的是，他的女儿对古代美术实在没什么兴趣。当他知道我进入唯子的画廊工作时，其实不怎么高兴。

"虽说是我学生开的画廊，但那不过是资本游戏的傀儡而已。只要遵守游戏规则，就有人付钱，至于是不是真的有价值还不好说。和这种工厂量产的商品相比，富有人情味的艺术家融入真情实感创作的作品才更有价值吧？"

我不记得什么时候，父亲对我说过这样的话。

父亲投入了更多的热情去研究富有人情味的艺术家融入真情实感创作的作品，在他看来，无名那些连是不是他亲手画的都不清楚的新作品，实在难以理解。

唯子说过，艺术家就算完全不参与当代艺术品的制作也没关系。但父亲的话从我脑海中掠过，让我对自己的工作稍微有些惭愧。从理论上我可以理解唯子的言论，也认为在商业活动中是一种极好的策略，但我在内心深处，还是有些抵触将艺术家没有参与制作的成品当作艺术家的作品来卖。

我没有必要完全接纳父亲的言论，我只要按照自己的想法去做就行。但关键是，我自己的想法还在动摇，所以每次我们不是以吵架收场，就是我单方面结束谈话。最近父亲打电话来我都不接了，我想保持一点距离。关闭苹果手机的界面后，我叹了口气。

司法解剖的结果显示，除了颈部的勒沟以及勒死时特有的眼部出血点以外，没有发现明显外伤。也没有被勒住后试图挣脱绳索时产生的伤口，指甲中也没有抵抗犯人时留下的对方的皮肤组织，只在颈部和指尖检查出一些白手套的纤维而已。另外，有关人员基本上都出入过案发仓库，目前还没有决定性的物证。

接到佐伯的消息，我便着手协助在市内举办的葬礼。因为之前来询问情况的人很多，我们特意选择了较大的会场，防止会有很多除家属以外的人前来吊唁。但实际上，来的人远比我们想象中要少得多。

高阔宽敞的大厅一直都冷冷清清的。

和宽阔的会场相比，吊唁的人很少，更显出葬礼的凄凉。唯子的母亲心情更加低落，看起来还有些疑惑。佐伯的话也不多。看着那么多空的座位，我十分悲痛。有钱的时候有那么多人围绕在身边，死后大部分人却故作不知。

我一直在寻找无名的身影，最后还是没看到与旧照片上的男子类似的人。

父亲是在葬礼结束的时候来的，他比我记忆中要老了一些。他在葬礼现场只待了几分钟，最后还是过来和我打了招呼。

"永井是个很优秀的人。"

"嗯，她也是我很尊敬的上司。"我小声说道。

"川田没有来吗？"

"联系不上他。"我抬起头看着父亲，"难不成你见过他吗？"

父亲点点头，我有些吃惊，问他是什么时候。

"几十年前吧。那个时候他还不是名人，我在展览上帮过忙。"

"他是个什么样的人？"

"是个软硬不吃的男人。说明白点，就是个特别奇怪的人。而且特别

聪明，总感觉他现在还在背后操控着一切。"

"你知道他在哪儿吗？"

"你应该更清楚吧。"

我摇了摇头。

"那我就更不知道了。"

"但你说他在背后操控着一切是什么意思？"

"就是我自己的猜测而已。"

我失望地深深叹了口气。父亲低头看了我一会儿说道："以前的年鉴里应该能找到他过去的住址吧。那个时候还不像现在，有个人隐私的概念，大部分艺术家的住址应该都是公开的。"

我向他道了声谢，父亲便低头离开了。

第二天，我去了趟国立国会图书馆，彻底调查了以前的美术年鉴。按照父亲的建议，里面的确刊登了无名以前的住址。看到住址时我不禁发出了声，因为那里距离我现在租的廉价公寓只有几站路。

既然这么近，我决定亲自去看看。坐上平常乘坐的电车，隔了几站路下车。走上地面后，又穿过一条宽阔的河流。从距离住址最近的车站越往目的地走，路上的垃圾就越多。

现在还是白天，周围却略显昏暗。倒不是因为今天是阴天，可能是这片区域的整体氛围造成的。窗户玻璃破损的空房，与我擦肩而过的几位外国劳工，还有路过一家大型超市后，就没有什么店还开门了。

无名以前住的公寓就在河堤附近，位于萧条狭小的巷子里，周围挤满了旧式木结构住宅和小型工厂。我虽然也对照着谷歌地图，但房屋上都没有标注门牌号，找起来费了不少功夫。最后来到了一栋肯定建了有几十年的、屋顶是镀锌板的公寓面前。

周围一片寂静，仿佛被时间的长河遗弃了一般。连其他房间都明显没有人居住，配套的邮箱里却塞满了传单。传单落在地面上，我看到上面是残破的风俗女的模样。

无名在这栋公寓中的房间应该不只是他的住所，还是他的工作室。爬上二楼时，可以看到走廊上有画具和墨水的痕迹。旁边放着一台陈旧的双缸洗衣机，如今已经作废了。无名所住的房间上着锁，我放弃探究回到楼梯旁。

在这栋半废弃的公寓前，我站了一会儿思考着现状。忽然感觉到，距离公寓几栋楼的香烟店里有人在盯着我。我想对方说不定知道点什么，便向那边走近。

我探头看进店里，一名弓着腰的老人正坐在那里，满脸怀疑地看着我。

"您好，可以问点事情吗？"

老人嘟嘟囔囔地说了什么，大幅地转过头去。

"您认识住在那栋楼里的人吗？"

听到我的问题，老人立刻在黑暗中站起身来，怒吼道："又来问那个混蛋疯子了！"

"不好意思，怎么了吗……"我吓得心脏都快要跳出来了，问道。

"他不在这里！回去！回去！"

我感觉无论我再问什么都是火上浇油，便慌慌张张地离开了。

一转头，斜对面房子的窗户里，露出一张中年女子的脸。她穿得花里胡哨，像是接客的。她一直盯着我看，倒不像是大声找碴的，反倒像忍不

住要问我问题或者和我说话，一脸好奇的样子。证据就是，我不过和她点头示意了一下，她便开口道：

"你来问那个艺术家老爷子的？"

"对，你知道他在这里住了多久吗？"

"很久以前那里就没人住了，不过最近有不少像你一样的人来找他。前段时间来了好多可疑的人，附近的居民都受不了了。"

"什么可疑的人？"

"黑道的！这么一条荒凉的小路上停了好几辆黑乎乎的高级轿车，这可是大事。香烟店的老爷子也被他们逼问了好多事情，还挺惨的。真是受不了。"

"什么时候的事了？"

"还不到一个星期吧。"

"最近那位艺术家有没有回来过？"

"黑道那些人也问了，附近的人都在讨论呢，不过谁都没有看到。而且谁会回到这种地方来啊。最近也没看到那个漂亮的小姑娘了，我对她印象很深呢。她以前就一个人住在这附近。"

漂亮的小姑娘，说的肯定就是唯子了。

我不经意瞪大了眼睛。

"那是什么时候的事了？"

"十多年前了吧。我也只能从窗户里看看外面了，所以我才知道。"

"这两个人最后一次来是什么时候？谁来都算。"

这时，中年女子突然装腔作势起来，伸出手作出讨要的动作。

"你能给我多少？"

"给钱吗？"

"那当然啦。还有，你先告诉我那个艺术家发生什么事了，为什么黑道的人会来。"

"他欠债了，我也是来善后的。"

我瞎说了一通。

"是吗，没想到答案这么普通，真遗憾。"

"你不能告诉我吗？"

"这点东西不够嘛。"

这时，一阵类似叫声的怪声传来，吓了我一跳。女子慌张地说着"我家人喊我了"，便钻回房间了。

神
の
値
段

第三章

唯子的讣告传遍了世界各地。

最受打击的人应该是纽约的画廊经理，也是和唯子共同销售无名作品的约书亚。

约书亚全权负责的画廊位于十九大道和二十大道。前者是一手画廊，负责无名等现在签约的艺术家的作品销售。后者是二手画廊，用于倒卖近代以前的名家名作。尽管成立不到二十年，如今已是世界顶尖实力派画廊。其中无名作品的销售额占比有所增加，因此约书亚近来频繁到访东京的工作室。

王子大饭店的大厅里，约书亚迟到了大概十分钟，他先为唯子的去世深深叹了口气。和他拥抱时，我闻到了浓烈的香水味。他是犹太人，长期生活在纽约。但因为在英国出生长大，便说了一口耐听的英式英语。

"她是凯伦。"约书亚介绍了一下身边微笑着的助理，继续说道，"我昨天还在巴黎准备展览。"

"这样啊，您在东京停留多长时间？"

"今天晚上的飞机，我接下来要去悉尼。"

长时间的空中旅行极为消耗体力，而且还有时差，应该挺辛苦的。不过看到约书亚一副从容不迫的模样，很难想象出他的行程如此紧迫。他穿着平整的西装，脸上充满了活力。可能他冲澡的时候太匆忙，头发还没有完全变干，倒是有些可爱。不愧是世界屈指可数的画廊经理。

坐进出租车后，约书亚说道："真是太不幸了，我很难过。"

"无名呢？"

我摇了摇头。

"无名要是听说了，一定会因为失去唯子这么优秀的伙伴而为难的。"

约书亚说得好像无名已经死了一样。看来唯子和无名之间的联系连对约书亚都是完全保密的。这么说，除了唯子以外，应该没有任何人知道无名在哪里了吧。

"凯伦，你是第一次来东京吗？"

"对，其实我当上约书亚的助理才半年。"

"她以前在泰特现代艺术馆当助理，我把她挖过来的。"

"那你就从伦敦搬到纽约了吗？"

"条件很不错，我以前也比较感兴趣。"

有不少在欧美有名的美术馆工作的员工会为了更高的工资跳槽进入画廊。实际上，约书亚画廊里一半的员工都在美术馆工作过。

约书亚的画廊里有一百多名员工，工作更为专业化。其中会具体细分为销售、馆员、对接每位签约艺术家的专属负责人、负责基础设施的技术人员、总管库存管理和艺术家资料的档案员、安排运输的物流管理员以及财务等。

"我没有见过唯子，不过我经常听约书亚说，她是一名非常优秀的人。"凯伦的语气中表达了她的真挚的遗憾之情。

唯子包揽了和无名有关的所有事宜，约书亚自然会对她赞不绝口。但纽约的一流画廊经理不远万里来到远东的岛国，他真正的目的应该不只是为了吊唁唯子。

首先是保证无名的作品从工作室发出。能否从艺术家那里拿到佳作是画廊生存的关键。在之前的展览和艺术博览会上，每次唯子的画廊和约书亚的画廊都能获得佳作。

但现在唯子去世了，约书亚最担心的应该是自己能否继续和工作室保持合作关系。他肯定是来打探以后是否能像以往一样委托工作室制作作品。对此我也不能完全肯定，但我觉得这是他来的第二个目的。

从旅馆坐出租车前往工作室后，我们和土门也开了个简短的会议，之后便开始监督作品的发货。浦开来的卡车就停在工作室的停车场里。

"请多关照。"浦向我们低头表示哀悼，"这次事发突然，我们公司的人都很震惊。"因为他身上有刺青，看起来像是黑道成员在行礼。

"今天麻烦各位揽收了。"

平常都是在品川的仓库揽收的，这次特地把保管在仓库里的作品运回工作室进行作业。工作室的员工帮着浦一起编号，标注哪件作品应该发往哪里。

这次发货的作品很多，有的接下来要在香港艺术博览会上展出，有的要送往约书亚的画廊，参加欧洲几个其他时间举办的艺术博览会，还有的要在纽约的展览会上展出等。

我们逐一检查了整齐摆放在一楼装卸区的作品。在一手画廊工作的人享有比任何人都能先看到新作品的特权。约书亚叫着"哇哦！""太神奇了！"用美式画廊经理特有的夸张反应表达着他对每幅作品的赞叹。

确认作品没有污渍和损伤后，还要保证作品背面都准确无误地贴上标注所属画廊的证明贴纸。再放入事先根据发货时间订购的箱子里打包好，最后装进卡车中。

在工作室发货花了一天时间，等全部作品都装进卡车，我们目送着浦的卡车离去时，太阳已经开始落山了。凯伦接下来还有事，我们便在此分别。约书亚前往下一个目的地的航班还有一段时间才起飞，我们便去了他寄存行李的王子大饭店的咖啡馆。

咖啡馆里放着轻柔的古典音乐，几乎没有客人。约书亚点了三明治和咖啡，我点了欧蕾咖啡和蛋糕。约书亚用他的黑莓手机查看了一下时间，便坐进了沙发里，若有所思地用大拇指撑着下巴。

点单后，我们相对无言地坐了一会儿。沿着约书亚的视线望向窗外，建筑物的剪影遮蔽了天空，昭示着日落的到来。

"给艺术家喂食会被咬到手指。"

约书亚突然说了句格言一样的话，我就看了他一眼。他依然眺望着窗外，可能察觉到了我的目光，便与我对视了一下。

"哦，没什么，只是别人经常对我说的玩笑话。"

约书亚脸上笑着，听起来却不像是开玩笑。

"唯子怎么就死了？"

"具体情况我也不清楚。"我摆正姿势。

"现在市场成熟，热度高涨，这个时候死了太可惜了。"

"的确是的。"

我向他说明了最近几天的情况，告诉他近期暂时由唯子的丈夫佐伯处理工作。约书亚听后，皱着眉头道："他能做好吗？"我只是耸耸肩，不发表看法。

对他来说，失去唯子绝对是一个巨大的损失。虽说唯子以艺术家的代理人身份介入后，他的收入会有所减少。但考虑到要和语言习惯都不同的工作室员工直接交涉，这笔费用肯定是划算的。

"尽管无名的名气已经达到了现在的高度了，但稍有失误很可能前功尽弃。"

我点了点头，约书亚又问：

"你觉得为什么无名会受欢迎呢？"

我回答不出来。约书亚一脸无奈地说道："是因为无名坚持使用墨这种材质。现在全世界都在重新评估水墨画的价值，各大美术馆大力收藏水墨作品，也相继策划大规模的展览。拍卖行也专门设置了水墨作品的部门，积极出售相关作品。水墨艺术品大受好评象征着亚洲艺术品市场的兴隆。全世界没有人不知道亚洲经济的重要性，这一影响在艺术界自然也毫不例外。"

我不住地附和着约书亚的话，仔细倾听他的讲解。

"无名让水墨画成为当代艺术品，是一位重新获得肯定的重要艺术家。所以，他不只是传承者和工匠。正因为他曾经是纽约闻名的当代艺术家，他的存在才别具深意。"

"所谓与时俱进吗？"

约书亚点了一下头，再次说道："现在许多商人都迫切地寻找着无名的作品，我的画廊里也来了不少来路不明的客户，说他们想买无名的作品，你们画廊应该也是如此。现在无名作品的需求量正处于爆发式增长的状态，正因为如此才要特别当心。其中绝大多数人都是投机的商人，真正因为喜欢作品而想收藏的客户反而因为价格高涨变少了。有很多耍小聪明的商人也会装作自己是纯粹的收藏家。遗憾的是，这种风潮如今愈演愈烈。"

"所以唯子才对客户调查得如此彻底。"

"没错，她很清楚，一旦一手画廊卖出去的作品立刻被倒卖，画廊也开不下去了。所以她才像侦探一样调查客户。"

这时，我仿佛窥测到一丝和唯子之死有关的线索。就像在漆黑的水底有某种东西反射出光芒一般，但当我伸出手去抓时，它却消失在水纹中。

约书亚还想继续说下去时，服务生正好走了过来。我们便沉默地看着他利落地将三明治和蛋糕放在桌面上。

"今天发货的作品都是无名晚年的作品，等他死后应该都会升值。读一下美术史就知道了，他和毕加索还有德·库宁一样，到了晚年还是不断挑战新的表现形式。他们不是完善自己的艺术风格，而是冒险破坏它们，只有真正的天才才能达到这一疯狂的境地。"

我盯着装满水的玻璃杯点点头。约书亚端起咖啡杯喝了一口，瞟了一眼黑莓手机。

"对了，现在放在画廊里的那幅一九五九年的作品怎么样了？"

对方乘虚而入。

如果我不否定，他可能就当我默认了，但我一时也想不出如何立刻回击。

他从唯子那里听说的吗？

我相信约书亚和唯子的关系，便赌了一把。

"您怎么知道的？"

"我其实也不知道，从一个商人那里听来的，就来套了套你的话。"

约书亚不自然地笑笑，立刻又严肃起来。

"那幅作品真的非常不得了！"他着重强调了那幅作品的传奇性，说道，"当然，考虑到唯子和无名的关系，唯子手上有无名以前的佳作并不奇怪。很多艺术家都会把重要的作品留在身边，同时大部分画商本身也是收藏家。但问题在于，这幅画在她死之前不久出现了，现在到处都议论纷纷。到底是谁要买那幅画，其中有没有隐情？"

"看来很难掩盖住了。"

"所以你还是小心一点。"

"小心什么？"

约书亚一脸不满，估计觉得我怎么连这种事都不知道。

"画廊的安保系统和保安呢？"

"你的意思是会有强盗上门吗？"

"可能我说得太严重了。"看到我慌张的模样，约书亚嘴角上扬，又说，"所以现在的情况是，你们毫无防备地把几百万放在那里不管就走了？"

我心想，就算你这么说，我又有什么办法。但还是询问约书亚：

"为什么唯子要把那幅作品拿到画廊来呢？"

"谁知道，只有死者自己才知道。"

"死者"这个词，让我想到了无名。

"至少唯子最近不打算把什么重要的作品卖给美术馆等公共机构，而

且一般的美术馆也买不起那幅作品。如果以恰当的价格出售，应该只有企业或者拥有巨大财富的私人收藏家能买得起。"

"那我应该怎么处理呢？我实在没什么头绪。"

"要不放在我这里？"

我抬头便看到约书亚的眼中闪烁着狡黠的光芒。

"我可以帮你卖，手续费收百分之三十。"

我立刻摇了摇头。

我是唯子的助理，既然要帮她处理后事，就必须要有相应的心理准备。察觉到这点，我忽然有些眩晕。如今距离那幅作品最近的人，除了我以外没有其他人。

我和约书亚都不是办慈善事业，这是一场战斗。

约书亚乘坐着他预约的高级出租车朝成田机场出发后，我独自回到画廊。画廊的门用一把钥匙就能打开，里面空无一人，十分昏暗，只能听到换气扇的声音低沉地响着。

——安保系统和保安呢？

约书亚的话一直在我耳边回响。

唯子在品川的仓库里很有可能是被强盗袭击的，但她为什么会深夜一个人去仓库呢？关键的作品还保存在画廊，仓库里的作品也一件都没有少，谜团进一步加深。

我首先去里间看了下后院，一九五九年的作品正平安无事地放在那里，让我松了口气。但如果现在强盗进来抢劫了呢？我检查了一下监控摄像头的画面，又当场确认了一下入口和后门是否都锁上了。

我惶惶不安地坐在唯子的座位上，打开了电脑。"叮"的一声后，出现了启动画面。我成为唯子的助理之后，从未碰过她的电脑。电脑果然是上锁的，我在显示出的登录界面输入了几个可能的密码，都不对。

正思考该怎么办时，我发现了电脑的外接硬盘。我关上电脑电源，将硬盘接在我平常使用的电脑上。我的电脑和唯子的电脑是同一种型号，我一边暗自祈祷能用一边启动了电脑。运气挺好，可以连接上外接硬盘。

数据整理得简单易懂，不愧是做事一丝不苟的唯子。

我首先检查的文件夹保存着无名以往作品的照片。我还看了最近的邮箱记录，但没有找到和无名的行踪有关的线索，不过我发现了他们以前的合照。无名看起来五十多岁，的确像传闻中那样气度非凡，应该在纽约挺受欢迎的。唯子只有二十多岁，还非常年轻。两个人都很高，站在一起像幅画一样。

回到上一层，我打开了其他的文件夹，里面保存的是从大概十年前起开出的账单数据。打开最早的数据，果然如香月夫妇所说，上面记载的数据只有现在的十分之一。我知道无名的作品升值确实也就是最近几年的事。

看着这些数据，可以想象以前唯子和无名共同奋斗的艰辛。唯子就是那段时间住在无名以前住所的附近吧。那时她应该完全没有余力像现在这样买奢侈品、住在市中心最高级的地方。现在的成功是她辛辛苦苦地投资不知道能不能火的无名才获得的吧。

我在其他文件夹里还找到了去年给无名工作室的银行账户所汇金额的表格。汇款总额的数字很大，但结合作品的销售额和员工的数量来看未免太少了。我甚至怀疑，难不成给工作室的报酬唯子还没有全付完吗？如果拖欠款项或者隐瞒事实，那产生什么纠纷也不奇怪。

接下来我打开了运输有关的文件夹，里面整理了唯子近期处理的报价单、账单、运输作品的信息、通关手续等资料。我在里面发现了上周唯子处理的报价单，从尺寸和日程推测，这应该就是运输一九五九年的作品的运输费用报价单。

"香港？"

我不禁脱口而出。上面是从东京到香港的单程运输费用，报价的时间是一周前。

为什么唯子要把这幅作品运到香港？

我看了下钟，已经八点多了，但我还是给运输公司打了电话。运气挺好，对方接通了电话，我便提出找负责香港订单的人接电话。

"承蒙您关照。"

"抱歉突然打电话过来，我想咨询一些事情。前段时间你们给永井报过一次价，是一件运往香港的作品。"

"对。"

"我可以问一下详细情况吗？"

"这个嘛，我记得当时时间很紧迫，她急着要我们报价，但第二天又联系我们说不用了。"

"不用了是指不运输了吗？"

"对。永井拒绝了我们的报价以后，我们还提出可以便宜一点。我们也知道永井平常会比较和其他公司的报价，选择便宜的公司。但那时永井说，现在不用运输作品了。"

挂断电话后，我猜想她可能想卖给香港的客户，便搜索相关的线索，但没有找到类似的资料。为什么唯子要把作品运到香港呢？我也没听说过她要租自由港的仓库。

这时，我感觉到热水间里发出了一丝动静，令我后背发冷。

"有人吗？"

我出声询问，战战兢兢地靠近热水间，感应灯亮了起来。

里面没有任何人，但我看到热水间的水槽时，心脏都要跳出来了，因为里面放着用过的咖啡杯。昨天锁上门离开画廊时，我明明把所有杯子都洗干净才走的。

到底是谁放在这里的？

我安慰自己，可能是松井来画廊的时候放在这里的，但我又害怕在自己不知道的时候画廊里发生过什么事。我赶忙关了电脑，重新确认了一下后门的锁，抓着包关上了电灯的开关，横穿过漆黑的展厅，四处看了看便锁上了入口的门。

今天是星期五的晚上，地铁车厢里全是人，还有一股酒臭味。

——给艺术家喂食会被咬到手指。

我思考着约书亚说过的话，下了电车。穿过昏暗的检票口，避开车站前发纸巾的人，通过十字路口，只见主干道上连着好几家商店都打烊了。我与商店前聚集着的小年轻们擦身而过，从高架下走出去。

房产中介警告过我，这里房租确实便宜，但女性深夜独自回家还是比较危险。事实的确如此，现在只有情侣酒店、便利店和似乎需要一点勇气才敢踏入的小酒馆还亮着灯。

突然，我好像听到了脚步声，便回头看去。

除了一只横穿马路的猫，没有任何人。是我的错觉吗？电线杆上挂着的荧光灯模糊地照在沥青路上。

这时，我脑海中突然浮现出横放在太平间里的唯子的遗体。

我突然感到一阵害怕，钻进了附近的便利店，透过玻璃窥视着外面的情况。昏暗的马路上，还是没有任何人的身影。我安慰着自己，不要害怕。

星期二，行道树的影子影影绰绰地映在窗帘上。我起床打开窗户，发现是久违的晴天，蓝天一望无际。

今天画廊重新营业了。周末和星期一我都窝在家里处理相关事宜。其实也可以去画廊办公，但我还是害怕一个人留在那里，结果一步也没有出家门。

等蝉鸣响起来的时候，我应该已经解决好现在的情况了吧，但我实在想象不出那时的自己会是什么样的。连一个月后的香港艺术博览会，我都不觉得自己能顺利处理好。

我应该向谁求助呢？

唯子已经不在了。

天气如此舒爽，我却心事重重地坐上地铁，在车站附近的星巴克买了一杯拿铁，向画廊走去。打开大门，启动电脑后不久，松井就来了。

"早上好！"

"早上好。对了，松井，你在停业的时候来过画廊吗？"

"我没来呀，怎么了？"

"没事，没来就好。"

说着我便按下办公室固定电话的按钮，解除语音留言的状态。

"共保存一百七十条语音留言。"

我和松井不禁面面相觑。

"一百七十条？"

语音信箱的提示不顾我们的震惊，机械地播放着留言。

"第一条留言……"

"哔"的一声提示音后都是杂音，通话便结束了。播放的下一条留言中是一名男性的声音："你好，你们画廊是不是卖无名的画？我有问题想咨询，就打电话过来了，之后再和你们联系。"

第三条是英语的留言，但对方可能听不懂语音信箱的日语提示，只是一个劲儿地重复着"你好？你好？"就挂了。我听完刚开始的十条就已经感到厌烦了，后面就简略地听了一下。大量的留言都集中在周末这三天里。

"这是怎么回事？"

我回答自己也不知道。但在画廊开业三十分钟后，答案便揭晓了。香月夫妇非常难得地在工作日的早上就一起出现了。

"唯子的事情太可惜了。"

夫妻俩开腔谈起了唯子的葬礼，讨论了前往吊唁的人。这时，香月先生似乎想起了什么，询问道："对了，我听说无名那幅非常了不起的作品在你们这里。"

我被一脸兴味盯着我的香月夫妇镇住了，心中才明白是怎么回事。他们在工作日的早上出现在画廊的原因，以及周末录下的大量语音留言，居然都是因为后院里那幅一九五九年的作品。我不知道传闻是从哪里流出去的，但业界那么小，到处都是熟人，流言传播的速度自然也快。我心情沉重地想，工作室的人得到消息估计也是时间问题。

"果然在你们这儿。"

"这个嘛……"

"给我们看看嘛。"

"这个……"

"就在这里吧？"

"不，在别的仓库。"我反射性地说谎。

"太可疑了。"

就像寻宝时经常出现的情况一样，他们毫不客气地走进里间，指着后院说道："就在那边吧。"

现在说什么都是垂死挣扎，我没有否认。

"你在说谎吧，给我们看看嘛。"

"请等一下。"

我下定决心，把松井喊过来，将那幅一九五九年的作品从后院里拽出来靠在墙上，缓慢地拆下包装。看到里面出现的作品，夫妻俩发出赞赏的叹息。

"买家已经定下来了？"

"对。"我立刻又撒了一个谎，但在对方问"是谁？外国人吗？"的时候，只好暧昧地点头承认。

香月先生摩挲着下巴上的胡子，探究地看着我。香月先生是一名经营着好几家投资公司的资本家，香月夫人则经营着私人医院。估计无论我说要支付多少钱，对方可能都会表示要立刻买下这幅作品。

我正语无伦次的时候，另一位名叫沼田的收藏家出现了。

"各位好啊。不愧是香月夫妇，动作真快。"

"咦，沼田，你不工作吗？"香月夫人问道。

"我偷偷溜出来了，上班族真辛苦呀。"沼田若无其事地说道。

说到收藏家，可能大家只会联想到有钱人，其实并非如此。有很多收藏家不是资本家，也收集了很多优秀的作品。相反，也有很多收藏家有钱但收藏了一堆无聊的作品。

当然，有钱自然能从市场上获取更优质的服务，也能高效获取更优质的藏品。但最后选择作品的还是收藏家本人。没有眼光，有再多的钱也没有意义。

沼田的藏品质量很高，在国外都非常有名。而且，对年轻的艺术家来说，沼田要是能购买他们的作品可谓是极大的鼓励。沼田用他的亲身经历证明，只要有探索精神、审美能力和热情，谁都可以成为出色的收藏家。

我以前听沼田说过，他认为艺术家是社会中不可或缺的一部分，他的职责就是购买他们的作品，支持他们的艺术活动。

"这就是那幅一九五九年的作品吗？哇，没想到我能如此近距离地看到，太激动了。"

"到处都有人在讨论这个传闻呢。"

三人开始讨论起作品细节部分的笔触处理得多么巧妙，那个时代的作品究竟保存在哪里之类。

"好多人过来咨询吧？"

没错，我耸了耸肩。

结果便是，整个上午各种收藏家和同行都络绎不绝地前来拜访。他们讨论的话题有两个，一个是唯子的死，还有一个就是这幅一九五九年的作品。

"唯子的死和这幅作品之间有什么关系吗？"

有穷追不舍的收藏家问我这个问题，我实在不知道怎么回答。

"无名现在在哪里？"

"我听说警察正在调查。"

还有人问的问题毫无顾忌，我们都快被问得不耐烦了。办公室的电话也响个不停，松井摔下话筒说着："这都怎么回事啊！"

佐伯来到画廊时刚好没有客人。他比我最后一次在葬礼上看到的时候憔悴了很多。可能因为在服丧，他穿着黑色的西装。

"不好意思，暂时都扔给你负责了。"

"要喝点茶吗？"

松井说着要离席，佐伯却出声说道："不用了，我自己来。"因为要开会，我们便搬了椅子过来围成一圈。

"最近一个星期我都在处理自己的工作，现在有一个月时间专心处理这边的事情了。我暂时想把画廊的工作接手过来。"

听到这话，我安心了。

佐伯简单说明了一下这个星期他办理的手续。主要是私营企业业主死亡后提交的各项申报，以及继承人需要处理的财务关系，等等。

"业务情况怎么样了？"

佐伯观察了一下办公室的情况问我。

"事情太多了，忙得头晕眼花。"

"但多亏了你们，才勉强维持下来了。"

尽管还很憔悴，他的笑容依旧清爽无比。他肯定从出生起就是这么清爽，无论多老都不会改变。

"唯子已经不在了，我知道要继续维持她创办的画廊很难，但我会努力解决当下的问题。"

听了他的话，我沉默着点点头，但同时也确实无法完全信赖他。佐伯仿佛看透了我的想法，又说道："我不要求你们立刻相信我，也不打算做你们的上司，我只是为了唯子才站在这里的，我想你们也和我一样。我对画廊的业务完全不了解，几乎就是外行人，所以非常需要你们的帮助。"

"我很乐意帮忙。"

佐伯的话似乎打动了松井，他很快便敞开了心门。

"我会帮忙的，这也是为了唯子。"

"谢谢，先从坦诚相待开始吧。"

佐伯放下严肃的表情，露出一丝笑容，向我询问道："现在需要处理什么问题吗？"

"请问应该如何处理那幅一九五九年的作品？"

佐伯向里间的后院投去视线。

"今天早上的咨询电话络绎不绝，大量收藏家蜂拥而至。"

"不用担心，收藏家很快就从上海过来了。"

"要卖吗？"

"你不同意？"

"不是，我就是在想那位收藏家是什么样的人。"

听我说完，佐伯便笑了。

"为什么笑我？"

"没有，我就是在想，你说的话和唯子说的一样。"

"什么？"

"你真是个可靠的助理，和我年轻的时候很像。"

　　我知道我脸红了。这时，佐伯拿出自己的笔记本电脑，打开搜索界面，输入了"王罗迪"这个词。

　　图片搜索的结果中显示了好几张同一个人的相片。

　　他体态匀称，眼睛小但有一双招福耳。几乎所有照片上他都留着近乎光头的短发。有一张照片的背景是清爽的绿色，他随意穿着白衬衫，露出温和的微笑。其他照片可能是在派对上照的，他迎着闪光灯露出洁白的牙齿。其他还有戴着黑色领带的照片，他脸上一副诚实但聪慧的表情。

　　点开那幅照片的网站，原来他入选了艺术品界最有影响力的五十个人。这么一说，我似乎听过他的名字。

　　"罗迪估计是距离世界顶尖收藏家称号最近的亚洲人。他在雅加达的通信公司非常成功，现在在新加坡和上海都拥有房产，是亿万富翁。"

　　"他是印度尼西亚人吗？"

　　"没有，他是中国人。现在他把公司交给其他人经营，目前用不断增长的资产和家人一起享受生活。"

　　"随随便便就能赚钱，简直像魔法一样。"松井歪头思考道。

　　"大多拥有优秀藏品的收藏家都像他一样，是在金融市场投资成功的人。他现在正建设一座私人美术馆。中国正处于建设美术馆的热潮中，其中罗迪的美术馆无论在规模还是质量上都吸引了全世界的注意力。他不仅收集自己国家的艺术作品，也打算收集邻国的作品。"

　　我们点点头。

　　"其实，罗迪和唯子认识很久了，他对唯子就像对待自己的女儿一样。他比其他任何收藏家更理解无名，也是苦心向世界宣传无名的强大后盾，所以他值得购买这幅作品。无名最近十年能重新获得名气，没有罗迪根本就不可能。"

虽然佐伯忽然介入强行下了结论，但能确定作品的去向，还是让我安心了。

太阳落山时，画廊里来了四个人，三男一女。刚才在网上看过照片的罗迪本人不在其中。三个人之中，其中有一位男子明显穿着材料上乘的西装和笔挺的白衬衫，梳着大背头，戴着高级的无框眼镜，开口便说英语：

"佐伯在吗？"

"您好，我就是。"

佐伯站起身来，从口袋里抽出名片递出。大背头恭敬而利索地低下头，将自己的名片也递给佐伯。

"我是罗迪的下属。"

"请多关照。"

"咱今天是陪他们来的。"

大背头身边是一位戴着阪神虎队棒球帽的小个子男子，看起来像是等会儿就要去看棒球。

"请多指教。"

"感谢您今天特意前来。"

佐伯也给阪神虎递了名片，他却没有给自己的名片，佐伯也没有特意问他。

"这位女性是郝小姐，是罗迪美术馆的馆员。"

阪神虎介绍的是一位看不出年龄的知性美女，她涂着鲜红的口红。知性美女好像不会说英语，一直沉默着没有说话。

"你好。"

我只能听懂这一句，但佐伯已经用中文和她说了些什么。她笑了起来，同样用中文回答着什么。她将名片递给了佐伯，还握了手。

还有一名男性既没有自报家门，也没有人介绍他。但他光着头，眼神锐利，是四个人之中最可疑的。

"罗迪先生呢？"

佐伯一问，大背头便快速地解释道："罗迪先生非常忙，没有办法来东京，就让我们过来。现在我们能看一下作品吗？"

"当然可以。"

佐伯已经提前将作品靠在墙壁上准备好了，便示意他们走进里面的展厅。四个人面向着作品，在几米之外站成一排。

"太棒了。"大背头激动地说。

"咱还从来没见过这么了不起的东西！"

阪神虎目瞪口呆，张开双手猛地直起身子叫出来，又看向那位知性美女征求同意。女性也兴奋不已，用中文喋喋不休地说着什么，从手包里拿出手机开始拍照。我瞄了眼佐伯的表情，他只是耸了耸肩，没阻止他们。

"太美了！"

"简直不是俗物！"

"太神奇了！"

站成一排的四个人中，除了保镖以外都激动地说着。他们不停地发表各种感想，语气格外愉快轻松，甚至感染到了我们。

"这是一九五九年的呀，也太有冲击力了吧！"

阪神虎对我说道。我先用日语回答了一句"没错，就是一九五九年的作品"，又用英语重新说了一遍："这个绝对是真品！"

大背头用中文对那位知性美女转述了以后，她用双手捂住了嘴，似乎表示难以置信，又比刚才更热情地从各个角度开始拍照。照了一阵后，她对大背头用中文说了几句话。接着阪神虎也加入其中，不时向佐伯询问着什么。

"对的，对的。"

佐伯不断点头说着中文，我却完全不知道他在说什么。罗迪代表团正唾沫横飞地激烈讨论着，时而抱头，时而皱眉，时而咂嘴。他们的动作太丰富了，我都看愣住了。这时，大背头突然用英语问我：

"你知道十几年前拍卖行曾经卖出过一幅年代和尺寸都和它一样的作品吗？"

"知道。"

我想起了我第一次见到那幅作品的时候，当时的成交价创下了纪录。我记得应该是六亿日元，当时也没当回事。

"我悄悄告诉你们，那幅画是罗迪先生的，所以这次他想买下这幅画报恩。"

"为什么不对外公布呢？"

"罗迪先生不喜欢张扬，也不怎么告诉媒体。对他来说，购买艺术品不是为了名声、商业用途和享乐，就是为了艺术品本身。"

大背头似乎很喜欢刚才的台词，露出得意的表情，说话的速度也加快了。

"在我们中国人眼里，收藏就是创造未来。我们相信继承传统文化能创造出新的价值。所以罗迪先生的收藏都是按照一定立意而选择的。其中不仅包括当代的作品，他还购回了许多我们国家流失海外的文物。他把这

当作自己的使命。证据就是，正是罗迪先生让亚洲的艺术市场以惊人的速度繁荣了起来。"

"我们很荣幸有这样一位买家。"

最后佐伯说了一句，大背头微微笑了笑。

"对了。"他开口便询问价格，并且要求我们提供折扣。先展示收藏家的威严，再谈论理想，自夸了一阵后开始砍价。大背头也遵循了这套手法。

"一千万……"

"太高了！"

佐伯还没说完价格，大背头就皱着眉头叫道。他们绝对在问之前就准备好皱眉，再喊出"太贵了"。

"这也太高了吧！"阪神虎也加入进来。

"这个价格连罗迪先生都付不起啊。"

大背头咂着嘴，用手扶着额头，一副大受惊吓的模样，转而向我提问。

"你们能打多少折？"

"我们是一手画廊，原则上是不打折的。"

我客气地回答道。阪神虎便吐沫横飞地说道："这不可能！"

大背头用中文和那位知性美女说了什么，她便激动地向佐伯表示抗议。大背头和阪神虎也加入其中。看来罗迪代表团的三个人正强烈要求佐伯降价。谈话告一段落时，佐伯用日语对我说："他们说，至少运费要打百分之六十的折扣。"

"百分之六十？"

我怀疑自己的耳朵，又重复了一遍。这时，阪神虎哼笑了一声。

"那是当然，现在每家画廊和拍卖行都希望罗迪先生来买艺术品。打折是对罗迪先生的尊敬。"

佐伯并不服软，他微笑着表示了自己坚定的态度。为了大背头能够理解，他用英语说明道：

"也太为难我们了，这幅作品是非常特别的。这两天世界各国有名的收藏家都来咨询，但因为罗迪先生对我们来说是特殊的客户，所以我们才把这幅画介绍给他。而且我们收入的百分之五十都要给艺术家，打折以后再扣去各项费用，就没有利润了。况且这个价格是根据拍卖行和其他画廊的行情而定的，还是比较恰当的。"

一直沉默的大背头听完佐伯的说明后反驳道：

"中国和日本不同，从海外进口的美术品需要支付高得惊人的附加税。要是花十亿买回去，你们也知道会增加多少钱。在这种背景下，如果你们卖给中国的顾客，难道不应该打点折吗？"

"没错！就是嘛！"知性美女似乎也帮腔道，再次用中文喋喋不休地说着。

对方抓住这个看似可以理解的理由不停纠缠，我左右为难，只好默默地看着他们说话。而佐伯依然维持着笑容，亲切地和他们交谈。过了一会儿，罗迪代表团与佐伯激烈地争论起来，突然又开始大笑。

我还在疑惑他们究竟说了什么，知性美女突然要跟佐伯和我握手。结果，大家其乐融融地互相握了手。

最后，知性美女提出照张纪念照。

"谢谢，谢谢！"

大家便顺水推舟地并排站在那幅画前，沉默的保镖按下了手机的照相键。转眼他们就离开了画廊。我好像看了一场按了快进键的影片，只感到

一阵疲惫。

"简直像狂风过境一样。"

我自言自语道。佐伯松了松领带，叹息着说："百分之六十也太过分了。"

"您拒绝了吗？"

"那当然。"

"他们怎么说？"

"他们生气了，说不买了。"

佐伯提高音量，笑了起来。

"没事吗？"

"他们是假装生气的。毕竟对于他们来说，这不过是一场游戏而已。"

"也就是说，他们还会回来吗？"

"肯定会回来的。今天估计是考虑到唯子不在了，过来试探我们的。他们如果不是真的想买，也不会来那么多人。而且罗迪那种级别的收藏家肯定知道这幅作品的价值，他们肯定会不惜一切代价买下来的。"佐伯说着便在办公室的椅子上坐下，"无名现在之所以那么有名气，都是因为他以前的作品。虽然现在无名的作品不是他亲手完成的，但过去的荣光尚在。所以这幅作品有着不可动摇的价值。"

我点头赞同佐伯的话，心中暗想：看来佐伯这个人具有说服别人的能力，无论多么不可理喻的事情从他嘴里说出来，都带有一丝真实感，实在让人佩服。这时，佐伯看着手表问道："有点饿了吧，稍微出去吃点东西吗？"

"好的。"

我点点头。

我们穿过十字路口，走进一条小巷。周围的景色从精致店铺林立的乌托邦摇身一变，路上脏兮兮的，世界各国的人混住在拥挤的小楼里。里面有不少拉客的人、大声叫卖食物的摊贩和装潢花哨而奇怪的小店。

我们去的是一家意大利餐厅，唯子有时也会带我来。里面总共也就紧巴巴的十个座位左右，但这里的食物美味到连无与伦比的美食家唯子的舌头都能驯服。店里已经坐满了，我正想要不要换一家店时，但运气不错，里面居然空出了一张桌子。

"欢迎光临，请进。"

我们听到店员的声音，便走进去在里面的桌子旁坐下了。

店里飘着一股橄榄油和大蒜的气味，我突然就感觉饿了。说起来今天早上因为客人络绎不绝，我除了揪了点三明治，就没有吃过任何东西了。

"这家店唯子经常来。"

"我知道，是我告诉她的。"

我耸了耸肩，心中了然。

我难得认真地看了一下菜单。前菜点了炸海鲜拼盘和马苏里拉奶酪沙拉，意面我们都点了橄榄油蒜香意面。点完单后，我问佐伯："和无名联系上了吗？"

佐伯摇了摇头。

"现在连警察都没有找到他。"

我听着佐伯的话，不住地附和着。

"现在这个年代，到处都装了监控摄像头，如果能找到手机信号和车

牌号，基本上就能确定当事人的位置。警察现在也全力调查犯人在现场留下的痕迹和物品，找到应该也是时间的问题。"

"但无名应该没有手机吧？"

"对，也不知道他有没有车。"

"那怎么才能找到他呢？"

"可能高科技信息系统没有用，需要一些原始的方法。"

"能有用吗？"

"谁知道呢。"

"人真的能将自己的踪迹消灭得那么干净吗？"

"你说得对，只要人还活着，肯定会有线索。"佐伯思考了一会儿，说道。

"希望如此吧。"

"我觉得他还活着。"佐伯直接说道，"唯子是不是没有和你说过任何有关无名的事？"

"对。"我回答。

"我也是。要是早知道会发生这种事，我就算强迫她也要把事情问清楚。"

这时，我想起派对那天晚上，佐伯和唯子谈起过一九五九年的作品。

"佐伯，您之前就知道那幅作品吗？"

"当然，她之前就放在公寓里嘛，不过她没有告诉我为什么要送到画廊里。现在想来，我应该阻止她的，实在后悔。"佐伯说着垂下了头，"唯子有很多秘密没有告诉我，也是她提出分居的，可能住在一起麻烦事比较多吧。"

我们都沉默了，气氛有些沉重。我便换了个话题。

"佐伯，您经常和中国人接触吗？"

"对，我在工作上经常和他们来往。他们有自己的行事准则，如果不了解其中的含义，就会感到迷惑。所以可能我自然而然就习惯了。"

"刚才我就觉得您很厉害了，还会说中文。"

"多谢夸奖。"

"那合影留念也是他们的习惯了？"

佐伯笑了笑。

看到他的笑容，我不禁好奇起他的人生经历以及他与唯子的相识。听我问起，佐伯便毫不隐瞒地告诉了我。

佐伯在一个富裕开明的家庭里长大，高中一毕业就考入了东京的名校，之后在一家大型城市银行工作。二十六岁时，银行将他调动到开发新技术的团队，让他在纽约的合作银行调研和工作。

"在那之前，我没有吃过什么苦头，不用怎么努力就能做得很好。"

这种话有些讨嫌，但奇怪的是，从佐伯嘴里说出来一点也不会让人反感。搬到纽约第三年，一家瑞士的私人银行将他挖走，他便换了工作。

"那时我诸事顺利，就是个目空一切的年轻人。所以有机会跳槽时，我便毫不犹豫地跨入了新世界，结果我还是太天真了。"

佐伯在私人银行向上司学习股票和投资有关的知识，三十岁时依然沉浸在这种刺激而有意义的工作中，但渐渐地他便感到厌倦了。体力上忙得根本离不开能量饮料，精神上每天都觉得越来越无聊。

佐伯尤其无法忍受的是那些不眠不休看报表的银行家们扭曲的自尊心和竞争意识。他们用稍微查一下就能知道的信息欺骗客户，只想着收取高

额的手续费。明明在诈骗，还以为自己有多么特别，总想着怎么把周围人踢下去。每次看到那种场面他都觉得厌烦。

但无论职场上多么糟糕，还是有一位值得信赖的人，他就是佐伯的直属上司。那位上司从最基础的知识开始教导佐伯，算是佐伯的师傅。佐伯第一次那么尊敬一位上司，甚至可以说没有他就没有现在的佐伯。但那位上司突然被解雇了。公司没有公开说明，但传闻说好像是因为他贪污。

"我不知道是那位上司真的贪污了，还是被陷害的。但他业绩优秀，周围人对他的评价也很好，非常有人格魅力，我实在不敢相信他会贪污。他有什么必要贪污呢？可能最让我介意的是，为什么他那样的人也会遇到这种事呢。"

佐伯因为这件事辞职了。但辞职后他也没什么追求，只是在世界各地过着自甘堕落的生活。幸好银行账户里还有超过一亿日元的储备金，但也不够他吃喝玩乐一辈子，所以还是要找下一份工作。不过他一直都打不起精神来。

"我就是在那时认识唯子的。"

"你们在哪里认识的？"

听到我的问题，佐伯羞涩地笑了笑。

"在飞机上，她碰巧就坐我旁边。就像你在聚会时偶然坐在唯子身边时一样，我也是。"

"但在飞机上坐在她旁边的概率要低多了。"我插嘴道。

"那就是我的运气比你差吧。"他苦笑着。

佐伯在成田机场的登机口注意到了一名女子。

他只记得对方严肃的侧脸。但令人震惊的是，她居然就坐在自己旁边的座位上。佐伯问她是不是出差，女性表示肯定。聊起来才知道，她是去准备某位艺术家的展览。佐伯则是去见一个在澳大利亚的熟人。他们二人在从东京到悉尼的十个小时里聊了很多各自的事情。飞机降落在机场时，佐伯也成功要到了唯子的联系方式。

听起来像是编的，但我觉得，像佐伯这么直爽的人，肯定能轻易促成这段缘分。

"要是那趟航班是去上海或者台北的话，我们可能还没有那么多时间聊天。"

"那要是去香港的呢？"

"那倒不清楚。"听我这么问，佐伯笑道，"总之，我被唯子吸引了。我感到她内心深处有着我所缺乏的热情。回国后唯子给我打电话时，我就自然而然地想和她结婚了。"

"没想到您是个浪漫主义者。"

"没有，我是个现实主义者。"

"是吗？"

"一方面我非常现实，但又明白这次相遇无可挑剔。要是没有抓住这次机会，我会后悔一辈子。那可能是我第一次，也是最后一次这么想。"

"您醉了吧。"我对有些话多的佐伯说道。

"可能吧。"

佐伯盯着我，眼角出现了一丝皱纹。

尽管今天是我第一次和他正式交谈，但我很能体会他的心情。他憧憬和爱慕唯子这样特别的人，如今却再也见不到了。我能深切地感受到他的虚无感和痛苦难安。

"所以您就开始从事现在的工作了吗？"

"对，唯子对金融一无所知，而我对艺术品一窍不通。所以我们正好互相补足对方的欠缺之处。"

"金融和艺术品之间的关系确实难舍难分。"

"没错，而且不仅仅只是商业上的关系。在冰冷的金融世界里，艺术品显得格外夺目。"

"现实可能并非如此。"我苦笑道。

"不管怎么说，我们算是很好的搭档。我不熟悉日本的私人银行以及为富人提供的服务，但瑞士等地的大型银行都会提供艺术品鉴定和买卖服务，保险以及美术品运输代理服务等，这也属于资产管理服务的一部分。"

"所以您才明白罗迪那样的收藏家有什么打算吗？"

"金融知识对出售艺术品有一定帮助。当然不仅限于艺术品，放在其他商品上也是如此。"佐伯点头说道。

"对了，以前我就一直很好奇一件事，可以问问您吗？"

"你说。"

"为什么罗迪和其他收藏家可以那么轻易买下如此高额的作品呢？"

"当然是因为他们有钱啦。"佐伯托着脸笑道。

"但无论他们多么有钱，毕竟还要支付几亿日元，他们肯定还会稍微犹豫一下吧。更不用说那就是一幅画，有必要付那么多钱吗？"

"原来是这个问题。"

"我知道问题很纯朴。"

"使用金钱的方法有两种。"佐伯思考了一会儿，说道，"我们打个比方，现在有两位男子。第一位男子出售自己种的水稻换取金钱，用来购买服装和电视等生活必需品，也就是完成以金钱为媒介的物物交换。而第二位男子手持大量的金钱，用来购买工厂获取利润，也就是投资。他付钱不是为了换取物品，而是为了获得更多的金钱。购买许多高价艺术品的收藏家基本上都是第二位男子那种人，他们习惯于这样投资。"

我点点头。

"所以唯子才那么了解股票和投资，也是为了了解客户的想法。"

"没错。比如唯子的画廊有很多亚洲的客户对吧，这就是有意瞄准了今后可能会增加的消费者群体，因为她较早地意识到扩大亚洲份额的重要性。全球化现象便是因为经济活动而产生的。"

"但我觉得购买艺术品应该不只是为了投资吧。"

"这么想是卖不出去的。我们可能确实需要保护一些优秀的艺术家，但如果将艺术品当作慈善活动来募捐，收获的只有温吞水一样的爱与和平。"

"原来如此。"

"唯子没有将艺术品的交易看作崇高的艺术活动从而对此赋予特权，而是和其他许多企业一样，学习相关策略将其当作商品销往海外。"

"这都是为了无名。"

"当然，她基本上也是从我这里现学现卖。"

我第一次知道，在唯子成功的背后支持着她的人正是她的丈夫佐伯。

我们去柜台结账时，店主从里面出来，向我们低头说道："感谢光临。"

"前两天警察来我们店里了。"

"是吗？"

佐伯也低头示意。

"那个，这么说可能不太好，您的妻子该不会是惹上什么麻烦了吧。哎，最近周围都不安稳，还发生了案件。警察追问得也很详细，毕竟她去世的那天晚上，曾经来过我们店里。"

"等一下。"佐伯反应了过来，"她来这里了吗？"

"对。"

"她一个人吗？"

"不是，是两个人。"

我和佐伯面面相觑。

"是男性吗？"佐伯问道。

"对。"

"当时是什么情况？"

没想到在意料之外的地方获取了线索，我不知不觉间握紧了拳头。

"我和警察也说过了。我记得他们很难得没有坐吧台，而是坐在桌子旁，可能有私事要谈吧。"

"还有呢？"

"他们各点了一杯红酒，在店里一共坐了三十分钟吧。我还想今天时间挺短的。"

"她回家了吗？"

"这我就不知道了。"

"那名男性也跟她一起走的吗？"

"对。"

"他穿着什么样的衣服，年龄大概多大？"

"请稍等一下。"

店主和我们说了一声，便将在吧台和客人说话的调酒师喊了过来。这位长着胡子的年轻调酒师肌肉发达，见状便低着头向我们走来。

"你还记得那天的事吧？"

"对，那名女性穿着一条很有品位的连衣裙，应该是斯特拉·麦卡特尼设计的。外面套着一件洋气的吉尔·桑达外套。"

"应该就是这样。"

"你记得真清楚。"佐伯佩服地说道。

"我比较喜欢那类时尚风格，她又是我们店的常客，每次我都很期待看到她穿的衣服。"

看着调酒师说话的样子，我似乎嗅到了和松井一样的气息。

"那名男性呢？"

"他穿得很普通，如果不是因为他和那位模特一样的女性在一起，我也不会记得。"

听到调酒师的回答，店主瞄了我们一眼，脸上露出歉意。

"他大概多大？"

"大概五十多岁吧。"

"戴眼镜吗？"

"对。"

"他是光头？"

"对，没错。他个子不高。"

从调酒师的目击情报来看，应该是工作室的土门。

"对了，那位女性虽然点了红酒，但一点也没有喝。"

"喝了一点也不知道吧。"

"我有一个习惯，就是在收拾杯子的时候检查杯沿有没有沾上口红的痕迹。那天晚上不仅红酒丝毫未减，杯沿也十分光亮，我就记住了。"

我点头表示了解。那天晚上唯子必须要开车，所以她就没有沾酒。

"我印象最深的是在上酒的时候，他们好像在争吵，至少气氛不那么愉快。他们好像在说借钱不借钱什么的，我推测他们可能有金钱纠纷。"

调酒师居然回答得那么详细，店主不禁插进来打断他。

"不好意思，他也不是故意要偷听的，只是不小心听到了，请不要和他计较。"

在店主的催促下，调酒师面不改色地鞠了个躬，走进了里间。

走出店门，佐伯边走边问我："你觉得唯子见的人是谁？"

"是土门吧。"我客气地回答。

"我也觉得，所以唯子和土门之间在金钱上有争执？我听说土门的经济情况挺困难的，有点可疑。"

"但调查案件是警察的职责。"我看向佐伯说道。

"当然，我没打算玩什么侦探游戏。但我觉得无名谜团重重，警察大概不能完全理解他的艺术品创作流程。除了唯子以外，只有土门能见到无名。他是一个非常关键的人物，他的手上可能握着有关案件的钥匙。"

"土门什么时候见过无名呢？"

"不知道，估计就算问他，他也会坚持不回答吧。"

我们陷入了沉思，各自踏上归途。

神の値段

第四章

　重新营业几天后，我已经忙得无暇顾及唯子去世的悲伤了。唯子负责的项目基本都要交给约书亚处理，我不仅需要整理内容繁多的资料，还要打电话向对方询问情况。而且艺术博览会的准备工作也堆积如山，我根本不知道应该怎么应付，几乎是摸着石头过河。

　每天晚上我都会迷迷糊糊地抓着末班电车的吊环回家，甚至非常认真地考虑过要睡在画廊里。

　焦头烂额的日子过久了，稍微能喘口气的时候，便会觉得自己坠入了突然出现的深坑中。这时我便能客观地看待自己，更觉得自己凄惨了。比如我拖着肿胀的双腿从最近的车站走回家，途中在深夜的便利店买了份盒饭的时候。

　我憎恨艺术品。它既不是生活必需品，也不是大多数人能欣赏的娱乐产品。对于那些不买房、不买车、不买装饰品反而买艺术品的人，我一方面将他们看作客人，一方面从根本上无法理解他们。

　艺术品究竟是为谁而存在的呢？如果正如佐伯所言，艺术品只是为了

那么一小部分把艺术品当作投资的有钱人而存在，未免太可悲了。我究竟是为谁，又为了什么而工作的呢？

我并不喜爱艺术品，那唯子又如何呢？我觉得支持着她的并不是对艺术品的爱，应该也不是对金钱和公司的爱。按照佐伯的说法，是她对无名的爱，或者说是对无名这位天才创作的作品的爱。

这时，我在公寓前看到了两个人。他们是之前来过画廊的金谷和丸桥。

"晚上好。"

"请问你们为什么在这里？"

"刚才给你们公司打电话没找到你，就到这边来了。"

"你们为什么知道我的住址？"

"这个，毕竟我们是警察嘛。"这时，丸桥放低姿态说，"很抱歉，可以给我们一点时间吗？"

"现在吗？"

"对，很抱歉这么晚打扰你，我们有一些问题想问你。"

"时间不要太长就行。"

看来我没有拒绝的选项。

在我泡咖啡的时候，二人肆无忌惮地打量着我的房间。这间近十平方米的一室户里，进来三位成年人已经非常拥挤了。房间狭窄到几乎没什么可看的。

"要糖和牛奶吗？"

金谷立刻回答："不用了。"丸桥则说："那麻烦你了。"

"你住的地方还挺朴素的。"丸桥半开玩笑地说着，"什么时候开始住的？"

"工作以后就住在这里了。"

"为什么都工作了还住在这种小区？"

丸桥想问的估计是，要是穷学生的话还好理解，为什么工作了还特地住在治安环境那么不好的地方，还住在这么逼仄的房间里。他的问题或许只是为了打破沉默的气氛，但我还是避开了自己的工资问题，撒谎说附近有认识的人住在这里。

"你学的是经济专业，为什么还要进入美术界工作？"

我暗自心惊，他们连我大学的专业都知道吗？

"唯子邀请我的，我父亲在做美术相关的工作。"

"你父亲知道女儿也在美术界工作，应该挺高兴吧？"丸桥说道。

"不，我也不知道父亲是怎么想的。他觉得当代艺术品都挺无聊的。"

"你母亲也是做美术相关工作的吗？"

"对，听说也是画画的。"

"现在呢？"

"她在我记事之前就去世了。"

旁边的金谷听到了，便抬头看着我说了一句："失礼了。"但她的眼睛里似乎没有任何感情。

"没想到你们一家人都从事美术相关的工作，真了不起。"丸桥说道。

我知道这是他的客气话，便没有回答。我的房间对着巷子，打开窗户就能听到行人的脚步声和自行车的刹车声。金谷喝了一口咖啡，开始说正题。

"今天来是想问一些上次没有问到的问题。"

我点了点头。不过他们特地来我的公寓，估计也是想了解我的生活情况。不推迟到明天早上，而是这个时间来，有什么原因吗？

"上次见面的时候，我们询问了画的价格、仓库有关的事宜、你最后一次看到永井时的情况、她周围的人际关系等，我们也说了永井的死因。"

"对，我记得。"

"这次我们想进一步了解永井的人际关系，特别是和工作室员工的关系。"

工作室的员工？我想到了土门。我也想起了在意大利餐厅得知的唯子和土门私下见面的目击情报。

"永井大概多久去一次工作室？"

"不固定。多的时候几乎每天都去，但她经常出差，有时候几个星期都不去。"

"她会和工作室的人在工作室外面见面吗？"

"当然，有时因为工作内容需要一起出差。"

"他们私底下关系不错吗？"

"我上次就说过了，我对她的私生活不太了解。"

听到我回答得那么干脆，金谷合上笔记本，喝了点咖啡喘口气。

"告诉你一些内部消息，那天晚上永井很有可能和某个人见了面，或者要和某个人见面。理由有好几点。现场发现了两罐她当天购买的罐装咖啡，上面都只检测出永井的指纹。她可能打算和某个人一起喝。"

"请问，监控摄像头拍到了什么吗？"

听到我的询问，金谷的嘴角微微上扬。

"很好的问题。其实监控摄像头的开关在案件发生当晚被关上了。而且，只有用放在租借的房间里的记录仪才能关上。摄像头里最后留下的是永井本人操作记录仪的画面。"

"所以说，是唯子故意关上开关的？"

"没错。"金谷边说边观察着我的反应，继续说道，"回到正题，我们现在正寻找永井在仓库里见的人，她与工作室的员工之间有什么过节吗？"

我心想，是问土门吧。既然金谷已经在意大利餐厅知道土门和唯子私下见过面，肯定要问这个问题。见我沉默不语，金谷又不动声色地问道："比如关于作品的买卖会不会意见相左，工作室内部有什么派系之争等。"

我在记忆中搜索着。

"想到什么都可以说。永井以前应该和你说过工作室的事情吧，不管是工作上的内容，还是抱怨都可以。"

"唯子平常不会说工作室员工的坏话，但心里怎么想我就不知道了。工作上的摩擦还是挺频繁的。"

"麻烦你详细说一下。"

金谷又打开了笔记本。

我想起了刚进公司时的事情。当时我什么都不懂，但很清楚地记得唯子当时勃然大怒。

"工作室的人曾经不经过画廊就私下把作品卖出去了，双方关系跌至冰点。"

"这么做不行吗？"

"当然不行。一手画廊和艺术家的关系既然存在，艺术家就不能越过画廊直接将作品卖给客人，类似于一种禁忌吧。实际上，我经常听说因为

这种问题导致画廊和艺术家关系破裂的例子。"

那件事平复下来还是因为发现这是土门自己私下违反规定，无名和其他员工都没有参与，唯子才勉强原谅了他们。

"我们知道了，多谢。"

金谷飞速地记着笔记，对我说道。

"对了，我们现在正寻找无名的行踪，他是本案的重要证人。"

"无名是犯人吗？"

"不是，他只是证人而已，但毕竟案发后和案发前他都属于失踪状态。"

我沉默地听金谷继续说。

"对了，他好像已经很久没有住过以前住的地方了。但在他之后好像还住过其他人，房间也清理过几次，我们没有发现任何疑似他头发之类的东西。就算进行 DNA 鉴定，我们也找不到确认是他本人的试样，也没什么用。你也去过那里，应该很清楚。"

"你们怎么知道？"

"别小看我们警察，我们一直在监视那栋房子。毕竟川田最有可能接触的，就是你这位永井的助理。如果有消息，一定要立刻和警察联系。"

丸桥严肃地叮嘱我。

"不要想太多。"

"好的。"

我垂下了头。两位警察可能心满意足了，就合上笔记本放进包里，说了句"多谢你的咖啡"便站起身来。二人走后，我盯着桌子上看了一会儿。金谷喝过的咖啡杯的边缘，没有沾上口红的痕迹。

第二天去画廊上班的时候，我为了整理一下思绪，便在 A4 纸上用圆珠笔画起了图。唯子在中间，周围是无名、我和松井、佐伯、土门、收藏家罗迪和香月夫妇、同行真里子。

"你表情好严肃哦。"松井盯着图看了一会儿，问我，"这是在干什么呢？"

"我在思考。"

"你要找犯人吗？"

"我现在脑子里一团乱。"

我抓了抓头发。

"我觉得是真里子吧。"

"啊？她吗？"

"女人的嫉妒心是很强的。"

"你真懂。"

我们笑过之后，松井严肃地说："我听别的画廊的人说过，她们以前好像关系挺复杂的。既然结下了梁子，原因只有两个，金钱和男女关系纠纷。"

"是吗？我觉得不会那么简单。"

我托着脸沉思起来。既然到了必须要杀人的地步，情况肯定更加复杂，应该隐藏着一些很难理解的内情。

"是不是无名的艺术品创作过程中有所隐瞒？你还记得我们在案发第二天去工作室开会时，工作室的人都不自然地避开了我们吗？"

"对，我感觉不太好。"

"为什么他们是那种态度呢？真奇怪。"

现在想来，我首先需要知道的是，无名的艺术品是怎样创作出来的。工作室本身对现在的我来说就是一个巨大的谜团。

明白了这一点，可能就会知道为什么无名的作品有那么高的价值，是谁创造出了这些价值，是谁能从这些价值中获利。相反，如果不了解这一流程，就绝对无法接近更大的谜团，包括无名的身份和案件的真相。

佐伯接近中午的时候出现在了办公室。他将包放在桌上，向正在里间打包的我搭话。窗外樱花树上的花瓣已经全部凋谢了，绿油油的树叶在枝头摇晃。

"其实我今天去工作室了。"

据佐伯所说，工作室的人终于听说了一九五九年的作品的消息。他们对于自己被隐瞒至今的事情表示了强烈的不信任，似乎还打了电话。佐伯便亲自前往工作室，说明这幅作品只有唯子才知道，还请求工作室的人帮忙。他们想要的不过就是自己应得的部分，既然支付方式和以往相同，他们自然就平复了下来。

"那是理所当然的。"

听佐伯说完，我点了点头。

"问题就在这里。负责交涉的是土门，但我准备回去的时候师户又偷偷来找我。"

"瞒着土门？"

佐伯点头。

老资历的工匠师户在工作室里明显和土门不对付，而且对画廊的态度极度不友好。

"他说有事想和我详细谈谈。"

佐伯说师户表示现在不方便，希望佐伯能再来一次工作室。

"他说也不要告诉警察。"

"什么事呢？"

"可能是无名的下落。"佐伯环抱着手臂说道，"总之只能先去看看了，我希望你也尽量能来。我不是很了解画廊和工作室之间的关系，你来的话，谈话应该能进行得顺畅一些。"

想起土门，我便勉强同意了。佐伯却说："其实，他希望我们深夜过去。"

"什么？有点恐怖啊。"

"嗯，我也觉得很奇怪。"

想起唯子也是在深夜的仓库里死去的，我就觉得不舒服。连警察都不能说的秘密究竟是什么呢？

总之我先完成了当天的工作，心中有些期待，但更多的是不安。

深夜，我坐着出租车前往工作室。但仓库区附近的道路正在施工，这一带都禁止通行。没有办法，我只好在途中下了出租车步行前往。写着"正在施工"的牌子一闪一闪，能看见里面有大型机器正在施工。夜晚的仓库区回荡着碾压沥青的声音，与白天完全不同，现在充满了生机。

但可能因为施工而禁止通行的原因，越走近工作室所在的区域，越听不到汽车行驶的声音，只剩下一片沉寂。天空中近乎圆形的月亮投下明亮的光芒，反射在东京湾的水面上摇摇晃晃。

深夜的工作室就像试胆大会的地点一样，水泥墙上的白色涂漆脱落得

到处都是，令人毛骨悚然。

二楼有几扇窗户漏出一丝光。映在窗上的人形剪影就像无名作品中洇出的墨，晃晃悠悠地摇摆着。

师户在停车场前等候着，叫住了我们。

"辛苦了，抱歉让你们这么晚来。"

"要说什么事？"

佐伯立刻切入正题。师户盯着我们的眼睛，确认一般地问道："你们想见无名吧。"

我们点点头。

师户便静静地打开卷帘门旁边的门进去，我们也跟在后面。空气中充满了墨的气味，让我想到了书法课。一楼没有开灯，月光透过窗户照进来，一切都蒙上了一层青白色。这里与我白天来的时候完全不同，充满了可疑的气息。明明没有别人，我却听到了呼吸声或者说是睡着时的呼吸声。

"怎么了？"

我没有理会小声询问的佐伯，凝神寻找着潜伏在工作室里的某样事物的真面目。

我的目光首先停留在十字形的大型笔架上，上面可能有上千支笔，但都笔头朝下吊在那里。笔杆的长度和笔头的粗细都各不相同，既有像筷子一样细的笔，也有像拖布一样巨大的笔。

笔尖也是，有的又尖又细，有的看起来硬而粗糙，有的像丝绵一样白且柔软。其中一支像头发一样美丽的漆黑毛笔吸引了我的注意力，它的笔尖在月光下呈现出明亮的光泽，让我不禁伸出手想去确认它的质感。

在笔的后方，大量的纸像被子一样堆叠在一起。可能因为需要调节室温，纸都保管在玻璃房中。约有一块榻榻米大小的纸像小山一样堆了几米高，而且都是最好的纸。我心中疑惑，这么多纸真的能用完吗？但也有可能是为了铺上新的纸，才将多余的纸都储存起来。

对面的左侧有一个样式简单的木架，上面摆着一长排黑色的物体。有的只有手掌大小，有的大到估计需要一个人才能搬动。仔细一看，原来是几百个砚台。有的是圆形的，有的是四方形的，有的设计成复杂的风景模型，有的外形非常抽象。颜色包括漆黑、深绿、紫等各种色泽，上面还有斑点和流线型的图案，在月光下同样绽放出光芒。

我本想触摸一下，感受砚台表面的温度，但它们散发出的威严气息让我不禁担心会留下指纹，便立刻收回了手。它们整齐地排列在那里，稳坐如山，聚集在一起便产生了强大的压迫感。

砚台架旁边是一个颇有年份的抽屉柜，像用来管理图书馆借书证的那种。每一个小门都很小，但数量多得几乎数不清。我偷偷看了一下，里面收纳的是墨。看来这个抽屉柜里放置着数量庞大的墨。

墙上挂着的标本盒里排列着各式各样的墨。仔细看去，有的表面涂上了金箔，也有的雕刻成文字、动物、风景等精致的模样。尽管不能触摸，但足以让人欣赏。

面前的操作台上放着镇纸、砚滴、笔架等各类文具。它们都是辅助的工具，但每一个都制作得精致到极致，质量好到足以用来收藏。完成一天的使命后，它们经人精心养护，如今已陷入了酣睡。

我又重新打量了一下工作室的全貌，里面堆满了令人怀念的物品。我

虽然没怎么研过墨，用毛笔写过字，但用毛笔写字的记忆已经从我存在之前起就延绵至今，铭刻在基因之中。

调动感官便能感知到，散落的工具和材料都在静静地呼吸。

无名就在二楼。

我非常确信。

正因为工作室的主人就在这里，这些工具才蕴含着生命力。主人是否在场，居然能让工作室的气氛如此不同，我这才重新认识到无名的伟大之处。

我终于能见到无名了。

我不禁打了个冷战。这时我才发觉，工作室里的空气如此冰凉。也许是因为夜晚的海风，空荡荡的水泥建筑里冷得几乎让手冻僵。

我看了眼师户，他正面无表情地盯着通往二楼的楼梯，那里似乎隐藏着不可告人的秘密，又或者是必须要揭晓的秘密。

有人在说话，是我的错觉吗？我看了眼佐伯，与他对上了视线，看来他肯定也听到了刚才的声音。究竟是谁的声音呢？然而答案只有一个。

我摸着银色的项链，暗中鼓励自己。

但如果杀害唯子的人就是无名应该怎么办？这个念头总是在我脑海中回荡。但既然来到了这里，我就要知道真相，不然就无法前进。

"走吧。"

佐伯没有发出声音，但我从他的嘴型中知道他是这么说的。我点了一下头，跟在他后面踏上了铁质楼梯。每上去一步，人声就越大。

笔这么画……不行……好的……纸和墨的适配程度……说得没错……

非常抱歉……

从听到的内容来看，肯定有好几个人，但我偷看了一下，其实只有一个人。

一名男性正背对着我们坐着。

他的背影我好像在哪里看过。

明明只有他一个人，他却嘟嘟囔囔地说着什么，提着毛笔盯着纸。

奇怪的是，他倒不像是自言自语，语气倒像是在和什么人说话。他究竟在和谁说话呢？二楼弥漫着浓重的墨的气味，男性巨大的影子映在墙壁上摇晃着。

这时，男性回过头来。

"谁在那儿？"

佐伯和我反射性地低下头，隐藏在楼梯之中，但我还是看到了他的脸。

是土门。

执笔的人不是无名，而是土门。

"老师……请放心……"

从他再次说出的内容来看，土门独自一人对话的对象应该就是无名。我咽了下口水，观察着情况。土门继续和并不存在的无名对话着，有点像电视里经常放的通灵仪式。

我平常完全不相信幽灵和占卜，但现在之所以如此害怕，还是因为第一次看到从心底相信这些的人如此拼命。

一切都是演戏，而且是如此滑稽的戏，是不存在的艺术家创作作品的戏，是与艺术家秘密会见的戏。尽管如此，还是有很多人沉浸其中，被耍得团团转。

咔嚓。

"完了。"我听到佐伯小声说道。

声音从脚下传来，原来是一个小碟子从楼梯上滑落了下去，在一楼摔碎了。抬起头，土门正瞪大眼睛看着我们。眼镜片后面的眼球变得通红，下面挂着浓厚的黑眼圈。

"你们为什么在这里？"

"土门，你先听我们说。"佐伯说道。

"我问你们，为什么——在这里？"土门缓慢地低语。

"你究竟在和谁说话？"

"我问你们为什么会在这里！"

他突然爆发出一声怒吼，我们惊吓地后退了几步。

"你先冷静下来。"

"别打扰我！"

窗户外，彩虹大桥闪耀着多彩的光芒。讽刺的是，这幅景象远比工作室里发生的事情要平淡。我的内心一阵憋闷。

"你们为什么在这儿？"

"我们以为无名在这里。"

我代替身旁已经不知道怎么说话的佐伯回答道。这时土门突然大笑了起来，笑声中带着一丝凄惨与痛苦。

"你们没有权利见到无名。不是长年理解他的人，不允许见到他。"

"但你不也没有直接见到他吗？"

"你个小助理说什么大话！"土门悲愤地叫道。

"土门，冷静一点。"

"你让我冷静？"土门表情扭曲地说道，"你们还不清楚什么情况吧，无名已经不在这个世界上了。"

"怎么回事？"

"那个女人是被无名的幽灵杀死的。因为她违背了无名的指示，只想着赚钱。我那天晚上确实和她见面了，也问她借钱了，但不是我，不是我！"

我们不知道如何回答，只是震惊地听着。

"无名已经死了啊。"

土门似乎陷入了混乱之中，他拼命将桌上的东西全部扫落下来。我们想制止他，但他身子一转，向楼梯下冲去。

"危险！"

佐伯叫了出来，但已经迟了。土门就像腿脚不听使唤一样，从楼梯上摔了下去，发出了一声巨响。

"抱歉吓到你们了。"

师户低头对我们说。他的头上长满了白发。土门从楼梯上摔下后不住地呻吟，我们立刻将他送到了医院。土门的脚踝肿得吓人，头部也遭到了强烈的撞击，必须要住院一晚上。

在医院的候诊室，师户断断续续地讲起了土门和他的事情。土门在工作室里工作的时间最久，据说认识无名的时间比唯子还要长。土门原本也想从事创作，还是无名的粉丝。他从纽约回国之后立刻去恳求了无名，在无名手下做了助手。他发誓无论发生什么事情都忠于无名，一直持续到现在。

而师户则是因自己的书法技术被无名在九十年代中期挖角到工作室。

师户在中国著名的美术大学留学过，能说一点中文，因此也负责下单购买工具和材料。于是，不难想象出，颇有能力的师户与没什么技术但资历颇深的土门之间便出现了摩擦。

我回到工作室的时候，天空已经开始泛白，工作室里也洒满了晨光。师户喊来的其他两名员工也到工作室了。

"抱歉那么早喊你们过来。"

"没事，我们开工早。"负责处理墨的年轻员工石黑说。

师户和二人说明了一下昨天晚上发生的事情后，对我们说道："我想让你们亲眼看到，土门已经分不清幻想和现实了。工作室里的人很久以前就知道了，只是没有说出来。没想到他会神经错乱到那个地步，以至于摔下了楼梯。"他长叹一声，接着小声地说，"可能我应该早点说的。"

我和佐伯沉默地听着师户的话。

"无名已经很久没有出现在工作室了，只有唯子能见到他。但土门不能接受，可能是他作为工作室负责人的自尊心作祟吧。所以他坚称自己和无名会私下见面，但那不是真的。话虽如此，事到如今我们也不知道唯子是不是真的见过无名。"

"所以土门才撒谎了？"

"也不是，我其实不知道他有没有撒谎。他可能是自己太相信了，才失去了理智。"

"你的意思是，土门觉得自己和无名的会面是真的？"

师户严肃地点了点头。

艺术这种东西，可能就是越纯粹的人越容易陷入孤独之中。

"我可以问个问题吗？"

说话的是另一名员工，他是负责纸张的白山。

"土门被定罪了吗？"

"不，那倒没有。他虽然没有说真话，但不至于被逮捕。"

"那就好。"

白山低下了头，客气地说道："其实我也不是不能理解土门的心情。很奇怪的是，每天看着纸，渐渐就会觉得无名其实就是纸本身。土门应该也是如此，他每天看着墨、纸、砚台和笔，可能就会将它们与无名的身影重合在一起。别人可能会觉得他发疯了，但仔细想想，白纸原本就是圣域的象征。在白纸上扎上稻草绳，就可以构成分隔神域和现世的结界。白纸缠在神木上就成了玉串，变成了净化人与土地的被除道具。在日本的神话中，人们自古以来就开始使用棉花，而白色原本就是神圣的颜色。"

佐伯和师户都沉默地听着白山的话。我将桌上的墨放在自己的手掌中，凝神观察着。在它精致的外形、色泽和原始的香气之中，似乎真的蕴含着魔力。

这时，一旁的石黑也开始说道："我也能理解。虽说不过是一块墨，但人很难真正了解它的本质。墨这种东西不放个五十年一百年，很难看出它是不是真的好墨。而且就算能用石蕊试纸立刻辨别出它的性质，也无法区分出名墨还是劣墨。墨会因为研磨方法、与水和纸张的适配程度发生千变万化，哪怕放在显微镜下，用一百倍镜、两百倍镜看都不能看清它，因为它是由极其微小的碳原子构成的。所以当我注视着墨时，就会产生一种错觉，无名就存在于神秘的墨之中。"

听完他们的想法，佐伯低声说道："无名难不成已经融于材料中，化身为神了吗？"

"对，没错。"

"就算土门骗了我们，我们也不打算责备他。不如说，近来我们已经不太想知道，无名是不是真的还活着了。正因为土门坚称无名还活着，我们才有机会接触到无名的作品。如果知道无名已经死了，工作室便运营不下去了，我们也无法接触到神了，这会让我们更难以忍受。"白山低头说道。

他们对无名的陶醉和强烈的信仰之心就像巫女一样。

我以前一直以为，工作室是靠唯子和土门的谋略运营下去的，没想到工作室员工也参与其中。他们隐约有所察觉，但不肯面对真相。他们嘴上表示自己只是无奈地遵循指示，其实只是因为真心喜爱无名，才无法主动挣脱代理者的身份。

所以在他们看来，神就存在于他们每天接触的材料和工具里。

无名肯定很清楚，这些只有每天接触它们的人才能理解。他从一开始就知道，在东方的想法中，神不存在于已经完成的作品本身，而存在于墨和纸这些材料里，存在于砚台和笔这些工具中。每天与它们相处，便会产生敬畏之心。

所以无名才能以神的身份存在于工作室之中。正因为无名不现出真身，才成了神。

"尽管我们见不到无名，但他会联系我们。"

这时，师户用低沉而嘶哑的声音说道。

我们看着师户。

"今天我想详细说明一下无名的艺术究竟是如何维系的。对这一过程保密也是协议的一部分，所以以前只有工作室、唯子和无名才知道这个秘密。但唯子已经不在了，我觉得不能隐瞒下去了。"

师户说完后，白山和石黑也顺从地点了点头。

"所以你们要将长久以来守护的无名艺术的秘密告诉我们吗？"

"没错，无名管理工作室的方法非常有规律。"

师户打开电脑中的邮件界面。

发件人：无名

收件人：唯子 工作室

标题：无

日期：3 月 20 日

文本：

THSJ 835 19 3 68 107 9 100

ASEK 191 43 37 81 23 18 120

SFUH 97 54 2 62 26 40 80

……

"无名每个月二十日会发一封这样的邮件。除此之外，连电话都没有打过。"

"每个月二十日，像发工资一样。"

听到佐伯说的话，我感觉有些不舒服。

"这个 THSJ 还有 ASKE 的字母组合是什么？"佐伯问道。

"是作品的注册编号。你们也知道，无名会大量创作一些看起来极为相似的系列作品，如果全都起名'无题'太麻烦了。所以我们会在作品背面的木框上刻上这些字母，用来区分和管理。为了防止重复，我们会通过电脑程序选取编号。"

"鉴定赝品的时候也能用上吧？"

·   "对，搜索这些字母基本就能查到。而字母后面的七个数字表示了作品的创作方法。"

师户拿起桌旁一本相当厚的文件夹交给我们，表示想让我们看看。

"这个文件夹属于严格管理的机密资料，平常都锁在抽屉里。一共一百多本，文件夹中记载着几千种制作作品的方法。"

"可以看一下里面的内容吗？"

"可以。"

我翻开师户递给我的文件夹，里面附有照片，标注着详细的制作过程。

"操作台上的计时器是怎么回事？"

"制作方法说明得非常详细，是以秒为单位的。"

我继续翻阅着内页。

其中第九号技法写着，在整张纸上涂上薄薄的一层水，滴下几滴墨汁形成自然的图案。技法说明里详细描述了从准备工作到完成的全过程。

"比如说，THSJ 是注册编号，后面第一个数字 835 是指这个文件夹中的技法的种类。从第二个至第五个是指使用的墨、纸、砚台和笔，接下来是指作品的主题和构图，最后是指作品的尺寸。数字所代表的材料和形状汇总在其他文件夹。这些全都不准带出工作室，否则我们将无法制作无名的作品。"

"制作工程那么复杂吗？怎么会制作不出来呢？"

佐伯问道。师户皱起了眉头，似乎有些生气地说：

"无名的这些文件夹很难完全重现。没有人会比他更了解，每种风格和主题适合用哪种工具和材料。你们可能无法相信，只有当我们按照无名的指示动笔时，才能真正领会其中的深意。无论是画法还是拿笔的手法都是规定好的，还有应该正坐、站立还是弯着腰等。

"而且刚才我给你们看的是最简单的例子。绝大多数作品哪怕就画一条线，也需要用到好几种技法和工具，有时还要花费时间和功夫重复绘图。越是复杂的画面，邮件中的内容就越多。文件夹的数目有限，但其中的组合是无限的。"

"我带你们去一楼的制作区吧。"师户站起身来说道。

我们下楼来到了一楼的区域。师户便在实际的工具和材料面前详细说明起工作室系统的划分。

"大体上来说，制作流程分为四个部分。我和土门负责墨和笔，白山负责纸张，石黑负责墨和砚台，各自只负责自己的部分。"

"也就是分工作业对吧。"

"没错。说是分工，但和普通的工厂不一样的是，这份工作不是谁都能做的，需要根据当天的天气和其他情况进行调整，属于精密作业。而且只有四个部分像齿轮一样能顺利咬合在一起的时候，才能形成完美的配合。文件夹里的方法是无名经过严密计算才制作出来的，工匠必须需要严格遵守。而且，就算按照文件夹里写的去做，也会有不成功的时候。过程就是这么困难。"

师户从笔架上拿下一支笔。

"比如这种容易吸水的软头笔就适合使用轻薄的松烟墨等类似的墨。"

接着石黑将手放在抽屉上说："墨的种类按照这些数字进行了分类。我是负责处理墨的，有时候一整天都在研墨。比如磨固态的墨条时，最好

使用锋利的端砚。"

"至于纸张，还是吸水性较强的宣纸效果比较好。当然，无名最喜欢用的还是最近三十年中国生产的宣纸，其中还要按照制作年份和地区细分为不同的种类。"白山说道。接着，石黑从砚台的架子上拿下一块砚台，向我们展示它的背面。只见上面刻着一个"六"字。

"这个架子上摆放的砚台都标注了数字，我们会对照刚才邮件中提到的数字，寻找应该使用的砚台。无名多年来从中国、韩国和日本各地收集了很多原石和古砚，这些砚台就是他委托日本手艺了得的砚工按照自己的设计制作出来的。"

"光是这些收藏就已经非常了不得了。"

"没错。"

"不是我吹牛，我在这里从来没扔过一支笔。笔这种工具在文字出现之前就已经存在了，在只有语言没有文字的年代，笔为陶器赋予了色彩。看着无名的作品，就能感受到那种原始而自由的纹样之美。怎么说呢，感觉线条已经超越了我们的意愿和无名的意愿，是由毛笔的意愿而驱动的。"

我听着他们的谈话，环顾着笼罩在微光中的工作室。想到这里无声进行的工作，不禁深切地感受到工作室的秩序井然和伟大。

"也就是说，在工作室里，材料和工具本身就是艺术，用它们可以唤醒当代艺术的世界，对吧？"

"没错。"

"无名十分尊敬和珍爱文具，他比任何人都清楚它们的特征。所以他会先想象出完成好的画面，再完全逆推回去，选择最合适的物品和行为，向我们发出指示。总之，在那个黑与白的宇宙中，一丝一毫都不是偶然，全都是经过无名思考后产生的。"

回到二楼以后，我们又读了一遍无名发来的邮件。里面没有任何寒暄语，只有冷冰冰排列着的数字和字母等符号。工匠就是通过解读它们而将作品可视化。

"总之，无名就是通过一封类似订单的邮件来指导你们完成每个月的作品吧？"

"对。"

"既然每个月都能写这样一封邮件，说明他还是存在于某个地方的吧。"

佐伯环抱着双臂。

"不，这也不一定吧。"我插口道，"仅凭邮件是没有办法知道对方住在哪里以及真正的发件人是谁吧。说不准对方设置了定时自动发送邮件的功能呢？"

"这样未免也太复杂了。"

佐伯否定了我，但也不能排除是唯子发送的。

"无名只发送制作相关的指示，不担心完成品的质量吗？"我问道。

师户说着"你关注的地方很对"，边用鼠标向我们展示邮件的后文。下面继续标注着这样的记号：

ASJH × EJHU × VJHG Y ……

"作品完成后，我们工作室的员工会按照无名的指示拍摄各个角度的

照片给他发过去。下个月的邮件中就会写着这些作品是否合格。合格的作品就会送到唯子的画廊或者约书亚的画廊，不合格的作品会立刻销毁。每个月实际上能完成三十多件作品，它们都会被运到工作室的保管室等待是否合格的结果。最后通过的作品不到十件，有时候甚至接近零。"

"X 是指不合格，Y 是指合格吗？"

"对，X 就是不合格，但其他稍微有些不同。完成的作品有的要参加艺术博览会，有的要给唯子的画廊，有的要参加展览会，等等。无名会根据用途分类，全部标上记号。比如 Y 是给唯子的画廊，J 是给约书亚的画廊，YF 和 JF 是让唯子和约书亚的画廊各自送到艺术博览会上展出，JE 是送到约书亚画廊有关的展览会上。另外 M 是完成效果非常好，希望由美术馆收藏。每个月的邮件里都会有这些指示。"

"原来如此。"

"无名虽然没有亲自作画，但他的要求非常严格。"师户说道。

"等一下。"我举起了手。

"无名的作品背面都有他的签名，那又是怎么办到的？"

全场沉默了一会儿。

不仅是当代艺术品，在美术品中签名也必不可少，艺术家要在作品上写下名字。如果没有签名，就很难断定作品是真品。无名的作品也不例外，当然也有签名。通常签名都是艺术家本人写下的，不与艺术家接触拿不到签名。

"的确，无名需要在某处直接签上名。"

佐伯积极赞同我的意见。

"唯子取走作品后，应该会看着无名签上名。我们也不知道详细的情况。"师户环抱着双臂说道。

"唯子究竟是在哪里拿到无名的签名呢？"

"还有一点疑问。"师户换了个话题，"最近一封邮件里，出现了一个未解的记号。就是这个。"

他指着电脑画面，上面显示了这样的记号。

DREM A

"只有这个记号我们不明白，之前我们没有制作过标记为 DREM 的作品。我们也查过记录了，没有任何与 DREM 有关的信息。A 这个指示我们也看不明白，以前从未出现过 A 这个记号，我们也想不到有什么行为和 A 有关。"

"会不会是单纯就打错了？"佐伯说道。

"应该不会，无名以前的指示从未错过，我发誓他没有打错。"

师户说完后，喝了一口已经变凉的咖啡。

"A 的意思啊，简直像霍桑的《红字》[1]一样。"佐伯挠了挠头说道。

回画廊之前，我们绕路去了一趟唯子去世时所在的仓库。

自从案件发生不久去了一趟仓库后，我已经有段时间没来了，心里一

1　《红字》是19世纪美国浪漫主义作家霍桑的长篇小说，发表于1850年。该作品小说惯用象征手法，人物、情节和语言都颇具主观想象色彩，在描写中又常把人的心理活动和直觉放在首位。因此，它也被称作是美国心理分析小说的开创篇。——译者注

直有些在意。上次在警察的指示下进行确认时，我感觉保存在那里的作品的位置发生了微妙的变化，现在正想确认一下。

仓库里没有警方的人，恢复了冷清的景象。看着停车场里的车，再次让我确认，案发当天唯子特地开车上班就是为了到仓库来。

"你有什么在意的地方吗？"

佐伯在电梯里问我。

"作品的排列吧。"我说明了一下情况，"还有签名。我觉得到仓库来说不定能发现些什么。"

电梯发出了一声巨大的金属音，停在了三楼。沉重而巨大的电梯门缓缓打开。我们打开门走进了仓库，逐一检查作品。上次我来这里时只注意了作品的数量，这次我将作品从箱子里抽出来确认。

我首先注意到的是几件作品的打包方法不对。

"佐伯。"

"你发现什么了吗？"

"有几件作品在我和松井打包完以后，可能又被别人重新打包了。"我对佐伯说。

为了将作品固定在箱子里，需要在背面打个结。但给这些作品打结的手法与我和松井打的不同。而且箱子外侧还捆着白色的绳子防止盖子掉下来。绳结系得很紧，形状我也没见过。

"可能是唯子重新打包的吧。对了，涉及哪些作品？"

"这件，啊，这件也是。"

我看了看，放在入口附近的七件作品没有采用画廊和工作室统一的打包方法。

"工作室完成的作品都会暂时运到仓库来吧。"

"对，没错。"

"这七件作品是什么时候从工作室运来的？"

"同一天运过来的。都是在案件发生的五天前，也就是二十日那天。"
我打开苹果手机里保存的表格，说道。

"所以那些作品在二十日运过来的时候没有签名了？"

我和佐伯面面相觑。

"原来如此！"

我不禁大声叫出来。

"唯子是为了让无名签名才在深夜来到这里的，没错吧？"

"嗯，这么想应该没错。"

"也就是说，如果那天无名来了，这七件作品应该已经签上签名了。"

"打开确认一下。"

我和佐伯各自选了一件作品从箱子里取出，转移到开阔的地方，以便拆封。我为了解开外面的白色绳结费了好大的力气。上面系的不是蝴蝶结而是死结，我必须慢慢地用指甲解开。

打开箱子确认了一下里面，作品没有被调换，表面也没有留下划痕。它们好好地被打包在箱子里，只是打的结不一样了而已。我解开固定在背面的绳子确认了一下内侧，便叫出了声。

"上面有签名！"

"所以，那天晚上是无名过来签名了。"

"唯子果然是来见无名的。"

"对。唯子要让无名签名，所以才深夜过来防止被人发现，连监控摄

像头的开关都关了。接着无名出现了，在七件新作品上签了名。所以这七件作品才被重新打包过，打的结的形状和位置都发生了变化。"

我不禁埋怨自己，在这么近的地方留下了那么多线索，以前怎么没注意到呢？

"播放一下监控摄像头里保存的数据吧。"

佐伯说完打开监控摄像头的屏幕，按下播放保存数据的按钮。于是我们发现，只有每个月二十五日深夜的时间段没有录像。

"所以每次无名签名之前，唯子都会关上监控摄像头的开关。"

"也就是每个月的二十五日。"

"对了，我记得司法解剖的结果中，唯子的指尖和颈部检测出了白手套的纤维。签名时会直接接触作品，所以唯子戴着白手套也不奇怪。"

"所以才会有白手套的纤维。"

"我们整理一下吧。无名每个月二十日会发来有关制作的邮件，邮件中还标示出上个月的作品是否合格。这时，工作室便立刻将合格的作品运到仓库。五天后，也就是二十五日，唯子和无名在仓库碰面，让无名签名。"

"谜题解开了。"

"这就是无名那天晚上来过的铁证。"

"那犯人是谁？"

"只可能是无名了。"佐伯断言道，"接下来就等着找到他了。"

我试着想象了一下那天晚上的情况。

唯子在派对之后和土门见了面，二人分开后她去了仓库。为了拿到无名的签名，唯子关上了监控摄像头的开关，准备好作品等在那里。接着无名来了，他签完名以后杀害了唯子，独自一人收拾好了箱子。当时他打的结，和画廊打的形状不一样。

但我无论如何都不认为会发生这一系列事情，因为我想不通为什么无名一定要杀害唯子。

唯子为了他的艺术赌上人生而战斗，每个月都会在深夜等他来签名。对于这样全力支持自己的人，会恨到要杀了她吗？所以我无论如何都不认为无名是犯人。

"你有什么在意的地方吗？"

尽管听到佐伯的询问，但考虑到他坚称无名是犯人时的心情，我什么也没有说。

坐出租车回画廊的过程中，我和佐伯都沉默着。回到办公室后，我坐在电脑前，开始思考师户所说的"DREM A"是什么意思。

"A 是什么呢？艺术的 A、亚洲的 A、档案的 A、美国的 A、安迪·沃霍尔[1] 的 A？"

"猜谜吗？"松井说道。

"差不多吧，以 A 开头和艺术相关的单词有哪些？"

"美学的 A、艺术家的 A？"

"现在想想，与艺术有关的词语中以 A 开头的还是挺多的。"

"是啊，而且 A 还不只有以 a 开头的词语。我刚去巴黎的时候，还把秋天写成以 O 开头，闹了个大笑话。单词是 AU 开头，发音却是 o 开头嘛。"

松井笑着轻轻地挠了挠头。

1　安迪·沃霍尔(Andy Warhol)被誉为20世纪艺术界最有名的人物之一，是波普艺术的倡导者和领袖。——译者注

我冷不防想起来了。

"是拍卖会的 A。"我小声说道。

这么一想，几周之前我在唯子的电脑里发现了运往香港的行程的报价单。唯子打算让那幅一九五九年的作品在香港举办的拍卖会上登场吗？

"可能吧。"

我从桌前站起身，急忙冲向后院。

"怎么了？"

我一边对追出来的松井说"麻烦把手套拿过来"，一边抽出一九五九年的作品。这么古老的作品没留在档案里也不奇怪。

"我打开了。"

我将打包好的作品平放在地板上，打开盖子，戴着白手套轻轻揭开薄薄的一层纸。作品背后写着的正是 DREM 这组字母。

"猜对了！"

我不禁大叫起来。

"DREM 指的就是这幅作品。"

旁观的佐伯拍了下手。

"拍卖会的 A，原来如此。"

我一边重新包装好，一边对佐伯说："没有错。唯子就是根据无名的指示，为了让作品参加拍卖会，才打算把它运到香港的。"

"不好办了，罗迪非常想买这幅作品。"

佐伯抱着手臂，手指抵住眉间。

"不过艺术家和一手画廊可以直接将作品送去拍卖行吗？"我问道。

"当然也不是不行吧。"

这时我想起来唯子经常说的话。

——无论拍卖会上的价格多高，艺术家也得不到一分钱。

我对佐伯说，唯子和无名打算让这幅作品参加拍卖会，可能不只是为了让他以前的作品重新获得名气，而是想反抗制度本身吧。

"但某种意义上还是要看拍卖会的结果，更重要的是，这也是无名自身的意愿。"

佐伯思考了一会儿。

"你说的没错。既然知道了艺术家的意愿，只能按照他的想法了。先和拍卖行打探一下吧。不过既然无名给出参加拍卖会的指令，说明他可能就在什么地方看着我们，操纵着一切吧。"

但我同时又突然想到，唯子在死前不久取消了送往香港的行程。这说明无名想参加拍卖会，但唯子违背了他吗？

这时，非常不巧，监控摄像头的画面里映出了四个人的身影，分别是罗迪的下属大背头、自称是馆员的知性美女、陪他们来的阪神虎还有保镖。我们急忙打包好作品塞回后院。

"您好，您好。"

我拼命露出假笑，在柜台迎接四人。他们还没等我说话，就走进了里间，一副在自己家里一般，悠闲地坐在了沙发上。

"我们是来继续谈上次的作品的。"大背头一改上次的态度，谦逊地说道，"上次真的非常抱歉。讨价还价是我们的习惯，请您不要在意。罗迪说他愿意按照不打折扣的价格购买作品。"

我流着冷汗想，这下麻烦了，脑中一直在思考应该怎么回答。如果要

撤销快卖出作品的报价，一般要撒谎说在作品上发现了损伤需要修复，所以先放在工作室了，之后再说没有办法修复了。

但现在这种情况下，我们是打算在拍卖会上拍卖。既然对方总会知道作品的行踪，就不能使用这个借口。这可不好办了。这时，阪神虎从巨大的布包中拿出一个纯白色的纸袋，递给大背头。

一阵沙沙作响后，大背头居然从里面取出了现金。

面前堆着大约十沓捆好的钞票，每捆大概有一厘米厚。很明显，这些钞票只是包里的一部分。钱虽然不过是纸而已，却有着足以彻底改变人生的巨大力量，而且这股力量深不可测。

"太少了吗，这是我们带来的一亿日元定金。"

我哑口无言，他们却不由分说地说道："来，收下吧。"

"我……我们不能收下。"

"不要客气。"

"不行，我们不能收的就是不能收。"

在巨款面前，我的大脑一片空白。而佐伯则干脆地回答："我理解各位的心情，但我们画廊规定不收定金。"

"但罗迪先生真的非常想买这幅作品，而且你们也说要卖了。既然交易已经成立，你们当然应该收下这笔钱。"

"不是这样的。艺术家都是随心所欲的人，我们一手画廊可以直接从他手中拿到作品，却不能保证他们不会改变主意。"

无论大背头怎么争辩，佐伯就是不肯收下那笔钱。可能还是佐伯太固执了，大背头只好嘟嘟囔囔地把钱收进纸袋里。

我看着现在的情景，内心一阵后怕。如果罗迪代表团再早来一个小时，我们可能还不知道要让这幅作品在拍卖会上拍卖，到时候应该怎么办呢?

那天晚上，罗迪代表团坚持要请客吃饭，我们便去了西麻布的上海餐厅。我询问佐伯这样做可以吗，他承诺道："虽然这次生意没有做成，但为了今后的来往，吃个饭没什么损失。"

在他们租下的高级轿车里，知性美女面带笑容地说着上海菜多么好吃，仿佛我们不是工作关系一样。

"这家店的味道可是经过我们正宗上海人认证的。"

大背头抓着车门上方的把手说道。这时，知性美女用中文说了句什么，车里便回荡起笑声。

"她说没想到日本的车开得那么慢。"

佐伯对我说。

"习惯了上海的速度，那可不觉得这边的车开得像乌龟一样嘛。上海的出租车开起来太吓人，而且很难打到车。"

"用手机软件打车很方便的。"

"对外国人来说太难了。"

阪神虎干笑道。

目的地是一座隐藏在高架边的洋房。大背头在前台说了自己的名字后，我们便沿着漆黑的楼梯向地下室走去，来到了包间。

宽敞的包间里亮着蜡烛形状的枝形吊灯，巨大的圆桌上铺着桌布。

"请往里坐。"在对方的催促下，我和佐伯并排坐下。

"喝点酒吧。"

可能已经点完单了，大背头示意服务生给大家倒上送上来的青岛啤酒，

众人便起身干杯。坐在圆桌旁，他们明显比之前要热情了一些。而且正因为坐在圆桌旁，我才能清楚地看到每个人的表情，众人的视线也交错在一起。每次上菜时，他们都会按照顺序和恰当的时机转动转盘，也让人觉得非常舒适。

"其实旋转式的圆桌是日本人发明的，中国原来没有。"阪神虎笑道。

"对了，我想问一个问题。"大背头正经地开口道。

"您说。"佐伯放下筷子点点头。

"能让我们见见无名吗？"

圆桌上响起了笑声。

"其实，我也想见见他。"

佐伯说的是真话，但大家似乎都把它当个玩笑，又笑了起来。

"我发誓我们会保密的，告诉我们吧。"

大背头小心地窥视着佐伯说道。

"我没那么容易被收买哦。"

"其实唯子就是川田无名吧？"

这时，知性美女用中文说了句什么，佐伯回答后，知性美女发出了高昂的笑声。坐在我旁边的阪神虎帮我翻译了一下。

"无名还活着吗？"大背头问。

"那当然。"佐伯回答道。

"不知道人在何处，也不知道真实身份的艺术家，简直像推理小说里的一样。"

"不过仔细想想。"大背头认真地说道，"现代社会中，手机和网络无处不在，随时都可以获得别人的信息。而无名这样的艺术家的作品能卖得那么好，我感觉是有一定意义的。"

大背头说完后，周围陷入了奇特的气氛中。阪神虎似乎想缓解一下氛围，给佐伯的玻璃杯里倒上啤酒。

"挑战信息化社会边界的艺术家万岁！"

"干杯！"

"干杯！"

他们高高举起酒杯。

我想起了无名。他不见任何人，也没有人知道他在哪里，连作品都让别人制作，以至于人们都不知道他是不是真的存在。但确实有很多人在谈论他。

服务生接二连三地端上精美的食物，很快圆桌上就摆满了盘子。其中最为少见的，是一碗盛有茶色半透明凝胶的什锦汤。汤里有种既不是固体又不是液体的类似明胶的食物。

知性美女土推荐我尝尝这碗汤。

"这个对皮肤好。"

阪神虎说完后，知性美女对我眨眨眼。尝起来确实有种全是胶原蛋白的感觉，我以前从未吃过。

不愧是地道的高级餐厅，端上来的每一道菜都不是巷子里的中餐馆常做的干烧明虾和咕咾肉那种菜，全都是用我没有见过的食材做出的美食。这应该算得上世界顶级的美食了吧，我品尝着食物，连好吃还是不好吃都分辨不出来了。

不一会儿，话题谈到了上海的艺术环境。

"你们要是也来上海开个事务所就好了。不用担心，罗迪先生一定会

乐于为你们打点好的。"大背头满脸通红地说道。

"上海几乎每天晚上都会举办艺术界的派对，光是上个月就开了五场艺术博览会。"

"那么多吗？太厉害了。"

"罗迪每场都去吗？"

"怎么可能。他除了上海以外，在很多地方都有豪宅。他经常飞来飞去，十分忙碌。"

"你来过上海吗？"

阪神虎问我，我摇了摇头。

"下次可以来看看嘛，我们会好好招待你们的。"

"谢谢。"

"你来了上海以后，肯定会喜欢那里的。"

"我很期待。"

"上海真的是一个特别的地方。"

我稍微畅想了一下上海这座陌生的城市。名字听起来就非常耀眼，实际上应该远超我的想象，我盯着圆桌上色彩纷呈的上海菜想着。

走出店门后，三人说要去俱乐部，便钻进了等在路边的高级轿车中。我和佐伯目送着他们离去，在西麻布的十字路口上了一辆出租车。

"先去我家，再送你回去吧。当然是我出钱。"

"多谢。"

汽车启动后，我回过头透过后窗玻璃看着那栋洋房。

有种迷失在童话中被狐狸诱惑的心情。当我确定已经离开那栋雅致的洋房后，心想自己应该再也不能踏进那里了吧，不禁觉得有些虚幻。而且我也忘记拿那家店的名片了。

出租车沿着主干道爬上了坡。路面倾斜着，其他汽车的尾灯刚巧组成了彩灯。高楼的玻璃外墙像无限镜面一样互相反射着光，呈现出冷冽的色泽。而那些光芒都映照在我乘坐的出租车的窗户上。

如果他们知道一九五九年的作品要参加拍卖会，会有什么反应呢？我真实地感受到了唯子独自承担的重任，同时也感觉到，唯子在时所维持的平衡将不复存在。今后会怎么样呢？情况变化快得超出了我的想象，我光是跟上状况就非常拼命了。

"没事吧？"一直没有说话的佐伯看着我，"感觉你脸色不太好。"

"可能有些累了吧。"我揉着眼睛说。

"明天休息一下吧？"

"谢谢，没事的。"

"哪里，应该是我向你道谢。"

我看着佐伯。

"要是没有你，现在还不知道会变成什么样呢。"

"怎么会。"

"至少唯子认可你了。"

我低下头，佐伯小声地笑着说："唯子和你真的很像。"

"怎么会。"

"不仅性格像，你们最根本的思维方式也像，可能你没有注意到。"

——你挺有这方面的天赋嘛。

我们第一次见面时，唯子这么对我说过。每当我感到沮丧时，都会想

起这句话。唯子在我身上发现了和她一样的品质吗？不，应该不可能。唯子是我遥不可及的偶像。

"不管怎么样，希望能早点找到无名做个了结。"

"嗯，这也是为了唯子。"

"对，没错。"

不一会儿，出租车就到了佐伯的公寓。"那我先走了。"佐伯说完就下了车。

凝视着飞速掠过的都市风景，我想起与唯子最后交谈的那天晚上，我的心情也是如此。

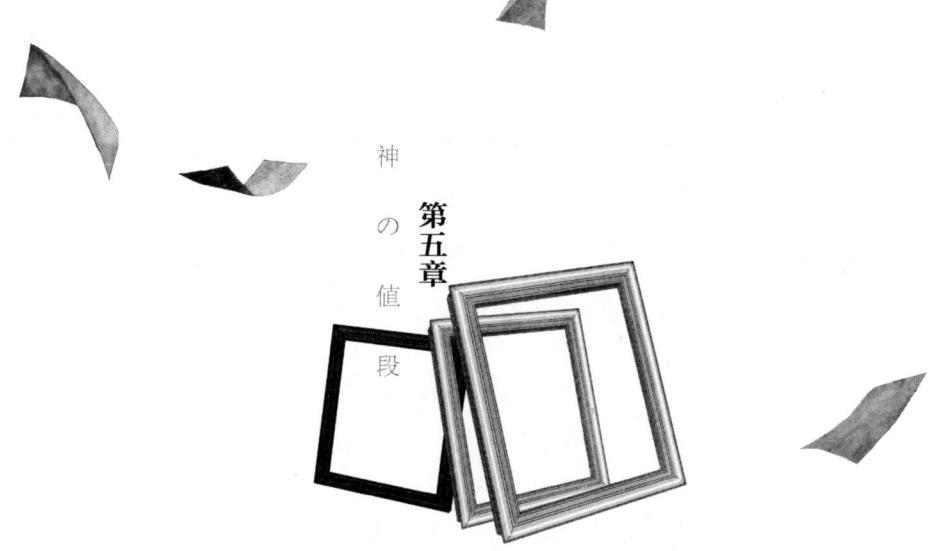

第五章

神の値段

　一九五九年的作品顺利发往香港了。在那一个小时后，我的父亲来到了画廊。佐伯和松井都外出了。

　安静的展厅内，父亲突然出现在柜台对面时，我几乎要跳了起来。他穿着灰色的衬衫，没有打领带，外面套着茶色的外套。他背着常背的那个黑色挎包，拎起来其实重得吓人。父亲面无喜色地说道："你瘦了。"

　"是吗，真难得你会到这里来。"

　"我在附近办事。"

　父亲说着环顾了一下展厅里无名的作品。我心中警惕，担心他要说什么批判的话。

　"那幅画价值多少钱？"

　他明明没有兴趣，还特意问这种问题。

　"二十万美元。"我冷淡地回答，接着问他，"你在附近办什么事？"

　"学会的事，去之前顺路来你这儿看看。我听到了一些不好的传闻，据说亚洲的富豪为了川田的作品都争红了眼。"

"大人物们都开始讨论了，看来情况挺激烈的。"

我简单地对父亲说明了一下之前的情况。唯子的配偶佐伯继续经营画廊，无名还是下落不明，但我们暂时先让一九五九年的作品参加拍卖会了。

"唯子有可能是被无名杀的。"

"怎么回事？"

父亲似乎也吓了一跳。

"听说他是重要证人。"

"太危险了，希望以后不要再发生奇怪的事了。"

"是啊。"

这时，父亲顿了顿，严肃地对我说："佐和子，你尽快抽身吧。现在市场扩展得那么大，之前没有发生任何事情才叫奇怪呢。"

他不说我也明白。不过父亲这么担心我，我却不知道应该如何回应。

"你要是遇到危险怎么办？"

"我都说我没事的。"

"别顶嘴。就算你辞职，哪里都能找到人顶替你吧。"

哪里都有人顶替我。父亲的话或许是正确的，没有非我不可的理由。但是……

"我不愿意。"

"什么？"

"不管你怎么说，我都要等到情况稳定下来。这是我自己的意愿。"

只有那幅唯子留下来的一九五九年的作品，我一定要为它做点什么。现在我已经清楚地意识到了一个月前还毫无踪影的使命感。

父亲沉默了一会儿。可能他察觉到了我的决心，无奈地长叹了一口气，从包里拿出日程本。

"可能你觉得是我多管闲事。"

父亲说了这么一句话，便从日程本的最后一页抽出一张名片。

"你给这个人打电话就行。他是以前非常熟悉无名的律师，永井应该也和他见过面。他写过几本有关美术市场的著作，可能会帮到你。"

名片上写着"律师 唐木田一郎"。我接过名片，父亲将日程本收了起来。

"那我回去了。"

"回去了？不吃个饭吗？"

"我约了学艺员，你也来吗？"

父亲的言语中似乎有些期待，但我拒绝后，他便干脆地离去了。

工作空闲的时候，我给手头名片上的号码打了个电话。

"您好，这里是唐木田法律事务所。"电话里传来一名女性的声音。

"你好，我是田中佐和子。我父亲介绍我来联系唐木田律师的。"

"请您稍候。"对方说完，话筒里便播放起《致爱丽丝》的音乐，接着立刻中断了。

"你好，我是唐木田。你是田中老师的女儿吗？"

话筒里突然传来一个粗犷的声音，我不禁将电话离耳朵远了一些。

"对，是我。"

"我都听他说了。哎，永井那边还请你节哀顺变。"

唐木田律师用几乎穿透话筒的大嗓门说道。我表示有事情想向他请教，他说电话里不太方便，问我能不能明天到事务所来。我向他道了谢，约好了时间。

第二天早上，我去了唐木田在水道桥附近的事务所。从东口出来向本乡方向走的过程中，东京巨蛋城过山车上的尖叫声随风传了过来。

我走进小巷寻找目的地。看了看这栋老旧的杂居楼电梯前的信箱，发现标注各层租户的指示牌上写着"五楼 唐木田法律事务所"的字样。走进电梯，我闻出空调有股不自然的臭味。按下五楼的电梯，电梯门以慢得吓人的速度关上了，接着以同样慢得吓人的速度上升，过了一会儿停在了五楼。

电梯门一打开，正前方突然出现了一幅宽一米多的白发一雄[1]的行动绘画，吓了我一跳。巨大的作品右侧有一扇磨砂玻璃门，门半开着。

我偷偷观察了一下里面。中间的桌上大概摆放着五台电脑，不同年龄段的员工正在工作。墙边摆满了书和文件夹，中间随意地夹杂着几件当代艺术品。我正在回忆墙上挂着的画作者是谁，里侧堆满资料和书的桌子的阴影里，突然出现了一名男子的脸，还与我对视了。

"打、打扰了。"

我慌张地低下头。男子突然大声地"哦"了一声，立刻站起身来。

"哦哦哦，你是田中吧！"

海象。不知为何这名男子让我联想起表演才艺的海象，我瞬间有些胆怯。

"对，我是田中。"

"我是唐木田，请进。"

1　白发一雄（1924—2008）生于日本尼崎市，是日本的抽象派画家、行为艺术家。其早期艺术创作带有行为艺术的形式，后期受美国抽象艺术的影响创作出独具特色的艺术手法"足绘"。——译者注

唐木田大约六十岁，不管是身高还是体重都超过了一百八，体格健壮得像是打橄榄球的，和他声音给我的感觉一样。他打着和西装不太相称的领带，皮肤也油乎乎的，但他看向我的那双圆圆的眼睛却神奇地让我觉得可以相信他。

我走进用屏风分隔出来的狭小区域，在黑色的人造皮革沙发上坐下。这里应该就是咨询和会谈的地方，但以他的音量，估计整个办公室都能一字不漏地听到谈话内容。过了一会儿，一名年龄和我相仿的小个子女性端了茶上来。她娇小的模样简直像饲养员。

唐木田露面了，他隔着桌子坐在我的对面。狭小的空间里弥漫着唐木田的体臭。

"你就是田中老师的女儿啊，看起来完全不像。"

看来他是个说话不太顾忌的人。

"别人经常这么说。"

"你以前在永井的画廊工作，对吧。"

"我现在还在那里工作。永井的丈夫接手了经营，不知道以后会怎么样，至少现在暂时还在营业。"

"原来如此，失礼了。哎，我和永井也算是见过几次面。"

"也见过无名吗？"

"那当然。我刚从大学毕业时，也算收藏过一些作品。无名的作品我有三幅呢，价格也就是现在的百分之一吧。"

唐木田拍着膝盖大笑了起来。他的笑声太豪爽了，以至于我怀疑绿茶的水面都在晃动。

"话虽如此，不是经常会有这种事嘛。收藏艺术品的律师在喝酒的时

候顺着话题跟艺术家和画廊聊了聊，结果就成他们的专属律师了。"

我一边听唐木田说着，一边端起绿茶喝了一口。

"对了，你找我什么事？"

"是这样的，其实我现在不知道无名在哪里。"

"哦。"

"完全联系不上。"

"这样啊，不过这不是最近几年的营销手法嘛。难不成他真的下落不明了？"

唐木田用壮硕的手指摩挲着下巴，笑嘻嘻地说。

"和无名联系的人只有唯子。现在唯子突然发生了这种事，就没有人知道无名在哪儿了。警察也在追踪他的下落。"

"警……警察？"

唐木田夸张地向后仰了下身子。

"听说他是重要证人。"

"难不成是杀害唯子的重要证人？"

我轻轻点了点头。

唐木田念了句老天保佑。

"如果您知道什么和无名有关的事情，还请告诉我。"

"我知道的事情啊……"

我从包里拿出文件夹，给唐木田看写有无名住址的打印纸。

"无名下落不明以后，听说有黑道的人来过这里。他可能惹上什么麻烦了。"

"天啊，警察和黑道！"唐木田用歌舞伎演员一样夸张的语调说道。

"情况太棘手了。"

"那可不是！"

"对。"

"哎呀，要我说答案很明显。无名不在了，至少不在这个世界上了。"

唐木田再度大笑了起来。他发现我没有露出一丝笑意时，补充了一句：

"上司就这么死了，你也挺可怜的。既然只有永井能联系他，那么比较正常的情况是她撒了谎，为了挣钱才自作主张这么卖作品。"

"就算要说他不在了，"我否定唐木田的话，"那是从多久以前就不在了？"

"我也不知道。"

"就算无名已经不在这个世界上了，肯定有人要来处理后事。"

"那就是排在第二的永井唯子吧。"唐木田说着瞪大眼睛看着我，"不，应该说是排第三的川田无名吧。哎，我就开个玩笑，你表情别那么恐怖。"他打岔道。

"挺有趣的。"

"谢谢啊。"

"但我可是认真的。"

于是，唐木田耸了耸肩，咳嗽了一声说道："不管怎样，死去的都是别人。"

"什么意思？"

"咦，你不知道这句话吗？不管怎样，死去的都是别人。"见我摇了摇头，唐木田说道，"你一个卖当代艺术品的人居然不知道这句话，这可是当代艺术创始人说过的名言。"

"这句话怎么了吗？"

"这句话是无名的口头禅。"

"他的口头禅是'不管怎样，死去的都是别人'？"

"没错。"

"这句话是什么意思？"

什么意思？唐木田一脸无奈地挠了挠头，说明给我听。

"意思是，我们无法目睹自己的死亡。死后自己的故事就结束了，以后就无法再看到这个世界了，所以死去的都是别人。自己的死只是一种观念，明白了吗？"

我点头附和，仔细听唐木田所说的话。

"这句话刻在创始人在巴黎的墓碑上。自己的墓基本都是在自己死后挖的，所以自己是无法看到的。说点题外话，那名创始人在后半生几乎不发表作品了。其实他囤积了非常有趣的作品和想法，生前就是对外保持沉默，整天就知道下棋。我感觉无名的生活状态和这位创始人有点相似。无名应该非常崇拜他，将他当作偶像吧。"

我想了想唐木田所说的内容。

"等等，无名应该是完全相反吧。别人都说他死了，他还继续发表作品。大家都猜测他是不是死了，他便体验到了自己的死亡。所以他想看到自己的墓地。不管怎样，死去的都是别人。无名可能不是效仿这句话，他会不会是为了超越这句话，才试着让自己消失的？"

"是吗？"

"他想看到自己死后的世界。"

"以幽灵的状态？"

"不，他应该还活着。"

"哈哈哈，我很欣赏！"

唐木田瞪大了眼睛笑了起来。但他的笑声与刚才不同，带有一丝认真的含义。他"啪"地拍了一下我的肩膀，说了句"我先失礼一下"，便走出了屏风。

唐木田抱着几本相当厚的文件夹回来的时候说道："感觉越来越有趣了，我会把我知道的事情全都告诉你。"

"谢谢。"

我深深地低下了头。

"道谢还太早了。"

"是。"

"我看看，对，就是这个。这本文件夹是无名回国后拍的照片。那个时候真好啊，艺术市场体系几乎不存在，大家都想不到靠当代艺术挣钱，又和平又自由，现在几乎难以想象。"

他说着翻了几页，发现了一张无名和伙伴们喝酒打麻将的照片。

"哦哦哦！太怀念了，我经常和无名一起打麻将。哎呀，我从来没见过像他那么会打麻将的人。快和专业选手一样了，说不定比他们更厉害。他记忆力超群，真的非常聪明，而且博学多识。我记得他无论何时何地都会随身带着一本厚厚的书来读。"

其他页面上，有无名在路上表演的照片，我还发现了他在远比现在小的工作室里制作作品的照片。每一张都是极为珍贵的资料。

"但从纽约回来过了几年，无名异常沉迷于赌博。任何事情一旦过火了就会酿成苦果。在七十年代末的时候，他已经欠下了巨大的债款。"

"他那么聪明，真不可思议。"

"对，周围人都很疑惑，为什么那么聪明的人会栽得那么深。可能是他太喜欢高风险的赌博，才停不下来吧。我听说他为了能多筹到一点钱，盲目地四处借钱，甚至连代表作都卖了。所以自然而然地，人们都离他而去了。"

"太惨烈了。"

"正是。"

"是他挥霍无度吗？"

"不，刚好相反。正如你说的，可能人们都觉得不惜借钱都要赌博的人肯定挥霍无度，实际上并非都是如此。"

"那就更麻烦了，为什么他会走到那一步？"

"嗯，这个嘛，不过是我的猜想。最根本的原因应该是他儿时长大的环境吧。无名生在富裕的家庭，但因为他是中国妾室所生，一直被安置在乡下。可能因为他在什么都没有的山村里独自长大，到了青春期就叛逆般地寻求刺激，转向了赌博。无名不怎么说他自己的事，我也只是稍微听到一点风声。"

"原来如此，他出生富裕家庭，孤身一人时可能父母给他的只有钱。"

"没错，去纽约本身也是一场赌博，但回国后他的赌瘾便爆发了。"

"他不是荣归故里吗？"

"问题就在这里。无名很年轻时就在纽约出名了，说得不好听一点就是太高傲了。作品能卖出极高的价格，还能接触到世界著名的大师，可谓是非常刺激的体验了。于是，他以为自己成了明星，就回国了，结果谁都不理解他的作品。不仅如此，连美术界人士都没怎么听过他的名字。那时不像现在能获得海外的信息，也没有办法。所以人们反而嘲笑他有什么厉害的。他在纽约被人捧着宠着，在日本却因歧视而被人忽视。而且那时候正好同期的艺术家开始出名。他自负于自己在海外的名气，不强撑着根本过不下去。很难想象出他那时有多么不甘、愤怒和痛苦，所以他才沉溺于赌博之中。他自己最清楚，自己没有得到认可。"

"回国之后陷入低谷了吗？"

"嗯，与其说是低谷，不如说他作为艺术家已经被打上了很难处理的烙印。当时的流行和品位太不一样了。就像服装有潮流一样，美术也有潮流。当时受欢迎的是不加修饰的美术。"

"不加修饰？"

"没错，七十年代的时候，更受欢迎的是那些将木头、石头、铁原原本本展示出来的作品以及概念艺术，行动绘画都已经过时了。更不用说用墨来画一大幅画，根本没人理睬。既然没有明确的政治信息，至少颜色鲜艳一点，说不定还能赶上八十年代的绘画潮流。"

"但只有一个人，也就是唯子注意到了他。"

"没错！"唐木田说着拍了一下膝盖，"九十年代中期，无名和一位美女突然一起回到了艺术界。后来我也就以律师或者说是朋友的身份帮着他们参谋。"

"唯子和无名那时是恋人吗？"

"咦，是吗？"

唐木田发出了格外巨大的声音。

"不，我就想问问。"我耸了耸肩。

"什么啊，原来是这样。谁知道他们怎么回事呢，无名反正对女性挺

随意的。就算永井是认真的，无名那边可不一定了。而且在金钱上会有矛盾吧。"

从唐木田不悦的语气中，我理解了为什么一开始他对我的话避而不谈。唐木田也吃过苦头啊。

"嗯，简而言之，无名本质上就是个赌徒。他也一直说过要做次大买卖。现在他成为资本游戏的棋子，可能也是他本人最希望看到的吧。"

"比唯子还势利？"

"没错。势利的人是无名，而不是永井，不如说她反而是一个单纯的人。她会把本可以高价卖出的作品低价卖给美术馆，作品卖不出去也会给无名发工资。为了在市场上展现出无名真正的价值，她经常陷入经营困难的情况。"

谈话中断时，我刚好听到过山车飞速下冲时的声音。

"不过，我的话你就打个对折听。"唐木田对说不出话的我说道，"金钱就像是一种记号，在不同的拥有者和使用者手中会产生不同的意义。我们不知道在无名心里金钱究竟是什么。就算无名如此执着于金钱，我们也不能完全认为这是错的。的确，在日本有着贫穷才是美德的风潮。所以人们想象中的天才艺术家都是贫穷的，他们不需要金钱，创作全凭喜好。但那不过是天方夜谭。毫无疑问，金钱对艺术家来说非常重要，也是他们创作出理想作品的必需品。说得再深一点，艺术本身就是受市场制约的一部分。"

唐木田说得没错。

艺术家想赚钱有什么不对？有商业头脑的艺术家理所当然应该扩大自己的市场份额，提升自己的名气。

"当然，也会因为金钱失去一些东西。"

"像现在这样？"

"没错。以前购买艺术品就像是向功德箱供奉金钱一样。向自己信奉的神明付钱以后，这些资金可以保证工作人员的生计和神社的整洁，自己再许下一点小小的愿望，大家都习惯了。那时艺术品的价格也不像现在这么高，反正就是那种感觉。"

"投资的感觉就完全不一样了。"

"没错，向功德箱投钱的人只是为了一己私欲，不是真的打算从中获得收益。现在忘记这一点的人实在太多了。神社确实繁荣了，但应该也付出了牺牲。"

"可能吧。"

这时，唐木田将文件夹交给我。

"如果你真的想接近神，也许可以读读看。这是大约十年前无名放在我这里的。他让我秘密处理掉，连永井也要瞒着，其实我一直珍藏着。很像卡夫卡吧！"

好不容易正经说了一会儿话，唐木田又开始爽朗地大笑了起来。我没有和他一起笑出来，而是接过他递过来的文件夹，粗略地看了一遍。里面是无名涂鸦的素描、原稿的复印件、很早以前的报道等。复印件已经泛黄，纸张还皱巴巴的，但边缘留着无名用铅笔写下的签名。

"有用吗？"

"嗯，非常有帮助。"

"要是处理他遗留的作品时有什么困难，尽管来找我商量。"

"感谢您这么说，但我还不能处理。至少在我心里他还活着。"

"你也很固执呢！"

我耸了耸肩微笑着。

"代我向你父亲问好。如果不是因为田中老师那么恳求我，我们应该见不了面。"

"我知道了。"

唐木田送我走时一直按着过道旁书桌上堆积得小山一样多的资料，防止它们倒下来，我才得以走到电梯旁。

借来的文件夹里保存着日记、很早以前的报道、作品的创意、实验性质的拼贴画等各种各样的文件，其中我还发现了用英文打印的原稿。我首先看的是他在从纽约回国后不久的七十年代写的手记。

其中的文字与现在简练的作品风格不同，经历坎坷后的痛苦挣扎与难懂的概念编织成了难以理解的语句。硬着头皮也不能说这些文字好懂。它们既不粗鲁也不流畅，一字一句都像被什么重担压垮一般，爆发出足以反抗的能量。

为了理解原稿，我必须要不断重复阅读，但可能我还不具备足够的知识和分析能力，无法完全理解。不过能够直接接触到无名写下的东西，让我觉得距离这个谜题稍微近了一些。

首先，无名对书法的历史进行了大量的调查，其中有一部分是与自己的艺术进行对照。

年少时的记忆很深。可能我的艺术内核，只来源于我在大自然中玩耍的时候，以及写书法的时候。写下汉字时，无数植物生长起来，形成一片森林。我能感觉到，跃于白纸之上的结构如泡沫一般，在有意识与无意识的缝隙间蔓延。这种行为与挥舞着锄头的农夫无异。附近的农田里，农夫一下又一下地挥舞着锄头，永远都在重复。我在这里也做着同样的事。

汉字，是表达森罗万象的形象，也是召唤灵魂的媒介。神，就栖身于此。看到墨的洇染与溅起的水花，我们心中的敬畏，要追溯到三千年以前的甲骨文上。人在烘烤骨头和贝壳时，便传达了神的意愿。书法之中，每一笔跃动，都隐藏着高雅、匀称和神秘。书法能赋予新的生命，绘画与之更加接近。

信仰，是在社会民众中普及的习惯的结晶，与个人的相信程度、是否有教养都无关系。它是共同的词汇，又是一种发音，遍布地区和民族。墨的文化，无法切碎国家的构架，是一种视觉上的语言，与周围的历史有着复杂关系。

我暂时抬起头，阅读其他用铅笔写的原稿。

我的母亲是中国人，所以中国是我的母体，我是文人的末裔。然而，我体内流淌的大陆血统，正如我无法回忆起的记忆，我难以明言，受尽其苦。我身上的大陆血统，是母亲与我唯一的联系。同时，也是我无论走到哪里都无法摆脱的诅咒。

血统有时会产生误解，我不想因背负一个国家而陷入绝望。它不是那么标签化的、不自由的东西。我幼年修习书法，却不打算借助书法和美术，而是一直用墨来创作。这是因为我发现，国际文化蕴含着极高的可能性。当人不断成长、思想成熟，手也习惯于使用这种材料之后，就能创作出完

美的艺术，我相信没有比这更完美的材料。事先说明，我不是因为探寻身份认同才一直使用墨，不如说刚好相反。我执着于墨的艺术的理由，首先要从日本扭曲的书法历史开始说起。我回国后，发现美术教育的制度中没有书法，着实震惊。书法不是美术吗？查过后才知道，书法是一种民族主义的装置。明治政府提出，书法不是美术。基于西洋的美术概念创立起来的日本美术制度将书法排除在外，实行书画分离。但另一方面，又将书法作为日本国民的象征，放进义务教育，让它担任国粹文化的角色。自那之后，书法变成了义务教育的必修科目，在日本国民心中成了文化的证明。写字时要求正确而美观，从而诞生了与美术背道而驰的独特的书法风格，创作性质的书法则消失了。围绕"书法不是美术"的争论中，赞同一方的观点认为书法只是文字，只是一种记录语言符号的技术，没有绘画的丰富色彩和雕刻的凹凸有致，只是写下既定文字的工具，没有创造的余地。另一方面，反对派的冈仓提出，书法充分考虑到了文字的布局与整体的结构，已经达到了美术的领域，并举例声称，被诗文感动和被书法感动从根本上来说是完全不同的感觉。然而，面对此场争论，当时的书法家却作壁上观。因为他们知道，讨论书法是不是美术本身就是一件矛盾的事。美术的概念是从西方引进的，讨论书法是否包含其中毫无意义。我在纽约如此受人赞誉，如今转瞬就被人忘却，不受认可的原因也在于此。他们不认为我的作品是美术，也嘲笑我没有继承书法和习字的传统。从这一点来看，我的目标既不是已经封锁的语境，也不存在于现有的范畴之中。

随着时间的流逝，我将目光停留在无名与唯子相遇的九十年代中期所写的文章。

我对作品的要求就是价格要高，不卖出去不罢休。不仅要看作品好不好，还要看能不能卖出去。无论作品多么优秀，卖不出去就毫无意义。作品卖出去之后才具备稀缺价值，也因此才能保留下来。而且，我要在世界各地都留下我的作品。无论我在日本是否受到制约，都需要其他地方的认同。虽然我在国内如此封闭的语境中无法得到承认，但也有一部分人赞同我的想法。随着时代观念的进步，我们的努力一定会受到世界的瞩目。我渴求的是荣耀、钦羡与令人折服的价值。

　　我觉得"我们"这里应该说的是唯子。接着我发现了他在作品价格腾飞之前的日期所写的笔记。

　　我想成为神。不是基督也不是佛祖，而是生命的循环，就像天照大神[1]象征着太阳那样，如同赋予生命力的阳光，长久地存在在那里。神如果是造物主，维持宇宙的运转便如同创造出宇宙一样是一个奇迹，或许更甚。成为神需要同时完成两件事：创造和存续。我想以神的身份实现任何人都未能完成的事。超越束缚与分类，得到他人的认可。我想消失，我想创作出永恒的艺术，我想创造出我丢失的事物。为了这个信仰，我不能现身于人。

1　天照是日本神话里三贵子之一，她被奉为日本天皇的始祖，也是神道教最高神。——译者注

——艺术的本质就是宗教。

我似乎在哪里听过这句话。我暂时合上无名的资料，双手捂住脸。

我想起来了，好像有次唯子对来画廊里的客人这么说过："艺术不是用来理解的，而是用来信仰的。"

唯子接待的客人是一名六十多岁的男性收藏家，他表示这是他第一次购买作品。他退休后第一次看到和自己年龄相仿的无名的作品时便深铭肺腑。因为在房地产业的生意颇为成功，他积攒了许多资产，但似乎和孩子比较疏远，给人一种落寞的感觉。

"预算大概是一万美元。"

一开始他是这么说的，但在与唯子交谈的过程中，他果断决定购买了十倍多价格的大作。因为是他第一次购买收藏品，算不上一个容易的决定。面对这位迟迟无法下定决心的收藏家，唯子说道："我认为最重要的是相信自己的直觉。"

"但如果买了这幅作品，之后又看到更优秀的应该怎么办呢？"

"我理解您的心情。"

"真不好办啊。"

"其实，我在购买作品时也会有同样的心情。那您这么想吧，如果不给任何人看这幅作品，也不告诉任何人您买了这幅作品，您还想买吗？"

"不给任何人看，那还有拥有价值吗？"

"每个人的想法都各不相同。我人生中第一次购买的作品就是无名从纽约回来时画的小品作。当时我还是学生，可谓一个重大的决定，但我当时就是想和那幅作品单独生活。不是为了任何人，只为了我自己，我只想看着那幅作品度过每一天。现在我每天工作很多，但我真正的梦想只是和无名的作品单独过着安静而简单的生活。"

唯子说这些话时，脸上带着绝对不会对我露出的温柔表情。私底下工作时的唯子，仿佛是另外一个人。

"但只是看着不会无聊吗？"

"我不这么想。因为每次看的时候，无名的作品都不相同。在作品前，我有时会细细地思考，这条线是什么，是面与面的分界吗？以前没有注意到的地方，原来是因为照明的影响等。还有，这种形状究竟代表什么意思？是起伏的波浪，还是破碎的文字。我喜欢那幅画，却说不清楚原因，但越看越能从中发现新的东西，让我越来越喜欢。渐渐地，我便丧失了语言，从而真正开始与作品对话。就算没有拥有作品，可能在美术馆也会体验到这种感受。但将作品放在自己家中，每天都能看到，我觉得是一种极致的奢侈。"

收藏家点了点头。

"总是在自己身边，却觉得如此遥远。即便如此，有时却可以与之分担悲伤，从中获得宁静。"

与唯子多次交谈后，最终收藏家决定购买作品。

这时，一封信从文件夹里掉了出来。上面没有一丝褶皱，可以看出是精心保存过的。上面写着"川田无名收"，看邮戳是一九九三年的，里面放了一张字迹工整的便笺。

前略

冒昧来信，敬请原谅。在下名为永井唯子，是一名大学研究生，现在

在 XX 画廊打工。因确有要事相告，不顾失礼寄出此信。在下久仰您的大名，前日在画廊开幕式上与您有一面之缘。拜见您的作品后，在下深受震动。如今受人瞩目的作品全都深受亚文化一派影响，但您的作品中蕴含着更深更本质的亚洲艺术，在下相信您一定会改写未来的美术史。在下知道您现在还在继续创作，但没有一手画廊接受您的作品，更让我饱受惊讶。您这样的人绝对不能被埋没。在下对于如此不恰当的评价和如今的情况感到愤怒。在下的胡言乱语可能会引起您的不快，但恳请您见在下一面，与在下谈一谈。

　　草草不能尽言

　　到达画廊后，我听到里间传来了声音，桌上还放着佐伯的包。我瞄了一眼里间，罗迪代表团正坐在沙发上和佐伯交谈。我慌忙准备了茶水给他们端上。现场的气氛绝对算不上愉快，将茶托和茶杯放在桌上后，大背头等不及我离开，便用焦躁的语气说道："就是不卖了吗？"

　　"对，非常遗憾。"

　　"怎么回事，那件作品明明是罗迪的。"

　　我想我们没有说过就是罗迪的，但估计解释了也说不通。我与佐伯对视了一眼，急忙坐到旁边。

　　"说实话，这幅作品现在已经不在这里了。我们要送去拍卖。"

　　大背头的表情更加阴沉了，他吐沫横飞地叫道："你们别太过分了！"

　　"这是艺术家的意愿，我们无法控制。"

　　"你们用的借口太无聊了。你们都说要卖了，结果到这个地步取消，说不过去！"

"我们没有说要卖。"

"我们都答应不打折扣买了，怎么能用这种方法拒绝。你们简直是在打罗迪先生的脸——"

说到一半他换成了中文，我就听不懂了，只感受到了他狂风暴雨般的怒火。

"他们生气得不得了。"

罗迪代表团离开后，我对佐伯说道。

"没事，下次见面的时候不会表现出来的。"

"我看，不见得。"

"是艺术家自己决定要拍卖的，罗迪不会反抗的，不如说比卖给其他客人好多了。他们刚才的态度基本就是表演。"

真是不讨喜的表演，我叹了口气。

到了中午，我们便出去吃饭。钻进附近荞麦面店的帘子，我们坐在里面的座位上。点了两份小笼屉荞麦面后，喝了一口热茶。手机铃声响了，但不是我的苹果手机，而是佐伯的三星手机。佐伯说了句"失礼"，按下了通话键。"您好，我是佐伯。对，是。没错，我知道了。"他挂断电话后面色愉快。

"拍卖会准备得很顺利。"

"哪一季度的？"

"当然是香港下季度的。"

香港下季度，也就是指和香港艺术博览会同时举办的春拍。春拍每年都能创下新纪录，不仅会展出当代艺术品，还有很多名贵的古代美术品、

西方近代绘画、珠宝和时钟等。

"还好赶上了。"

"应该是特殊照顾我们了。"

我们沉默着等着上菜。吃完荞麦面，我稍做休息，喝了一口茶，就听到佐伯说："动作果然快。"他的三星手机上展示着拍卖行的预告页面。

"你仔细看下面。"

我也不禁惊呼一声，下滑页面后显示的正是不久前放在画廊里的一九五九年的无名的作品。上面明确标示出它曾在纽约首展中展出，而在注明作品收藏履历和来源的一栏只公开说明是个人收藏。

"看看估价。"

"一亿到三亿。"

估价是指拍卖行在拍卖会前预测的该作品成交金额范围。

"不低吗？"

"设得太低了，但这样参与拍卖的人就多。比如八十年代的时候，马克·罗斯科的作品估价二十亿至三十亿时，就无人问津。"

在大师作品云集的季度中，成为主打竞拍品，便可能获得几倍的估价。

"拍卖行想创新纪录。"

一般来说，在拍卖行拍卖作品需要支付高额的手续费，成交价越高拍卖行的收入就越多，所以他们肯定会极尽所能提高成交价，创下新纪录。

"而且没有说日期。"

"艺术博览会最后一天吧。"

拍卖会一年分春秋两季。尤其在亚洲市场的中心——香港，艺术博览会期间，各大东西方拍卖行都会举办拍卖会，展出许多深受欢迎的高价作品，令收藏家们趋之若鹜。

回到画廊，纽约的约书亚打电话来了，那边应该是晚上。

"我看到拍卖会的通知了。"

他应该听说了一九五九年的作品的事情。

"最后关头决定的。"

"赶是赶上了，拍卖行那边挺拼命的吧。这是你的主意？"

"不是，有很多复杂的内情。"

"原来是解开了无名的暗号。"

我简短地说明了一下，约书亚笑着说道。

"没错。"

"没卖给罗迪先生还挺遗憾的。"

"是，对方非常生气。"

"就算在拍卖会上竞拍，估计最后中标的还是他，但就希望别有什么奇怪的客人。"

"倒卖商吗？"

约书亚说比那还糟糕。

"有些美术品会与犯罪有关，有的人会用来洗钱等等。拥有美术品也可以获得文化上的社会地位，可谓一石二鸟。"

"怎样才能发现他们的阴谋呢？"

"调查一下基本就清楚了。"

"就像唯子那样吗？"

"没错，但拍卖会上的机会很多。总之你还是注意一点，别和那种客

户牵扯太深。我就是打电话告诉你这些。等会儿我还和客户有约，就这样。"

挂断电话后，我心中还是难以释怀，反复思考究竟哪里让我觉得不对。我回想起那群黑道的人涌入如今已成为一片废墟的无名以前的地址。

——如今成为资本游戏的棋子，可能是无名本人最希望看到的吧。

唐木田这么说过，我感觉唯子之死的真相已经逐渐开始拼凑起来。

第六章

神

の

値

段

　　进入五月后，稍微有点夏天的气息了。阳光强烈起来，沥青路面也开始发热。博览会转眼就快到了，今天便是我出发前往香港为此准备的日子。天空很久没像这样阴沉了，眼看着就要下雨。航班是下午的，我便带上行李箱上班了。

　　中午出去买午饭准备过马路时，不知为何刚好碰到了金谷。她喊我的时候我过了三秒钟都没反应过来，因为她和平常完全不同，我没能立刻认出来她就是以前来调查我的刑警。

　　不同的地方在于，丸桥不在她身边。我每次见到金谷时丸桥都在旁边，所以看到她一个人时感觉有些不适应。而且她穿的不是西装而是便服，一身牛仔裤和宽松的衬衫。

　　"别装作不认识我啊。"金谷对我说。

　　"吃午饭吗？"见我点头，"要不要一起喝杯茶？"她又说道。

　　"又是来问询的吗？"

　　"不是。"

她干脆地否认了。

"刑警不能单独问话。今天不要把我当作刑警，就把我当成是熟人来邀请你喝杯茶。只要十分钟就行。"

我摆正姿势。

如果不是因为以前一直面无表情、冷淡以对的金谷眼中闪烁着异常强烈的光芒，我肯定不会同意的。

"十分钟的话可以。"我说道。

我们走进了十字路口正面一家两层楼的咖啡馆。这家店从开业起有半个多世纪的历史了，在泡沫经济崩溃前都是约会的碰头地点和电视拍摄地，是这条街的象征。几年前改建成如此干净整洁的模样。十字路口全都是人，店里更是人头攒动。

金谷在店内靠里的桌旁坐下，拿出香烟点了个火。

"我想戒烟的。"金谷说。

她给了我一支，我接了过去。

"但现在的工作很难让我戒掉，工作压力太大了，不吸烟就过不下去。"

我沉默着往咖啡里倒入糖和牛奶。

"最让我受不了的是职场的氛围，非常男尊女卑。我这种女性总会遭到性骚扰。近来经常听到别人谈起，但其实严重得难以置信。我只能眼神凶狠一点，不让人看轻，尽量消除自己的女性特征。我知道因为这个原因皮肤差了很多，也比实际年龄看起来要老。"

金谷喝了口咖啡，满脸严肃。我看着墙上挂着的时钟，又给她看我的苹果手机屏幕，已经有好几封新邮件了。

"你很忙吧，我长话短说。"

我沉默着，等待比往常多话的金谷谈正事。

"后来我自己也调查了一下，但还是很难理解。首先是永井唯子，她在旁人眼中过得非常光鲜，与我所在的行业完全相反，所以我完全不能理解永井的想法和她周围人的想法。"

金谷要说什么呢？

"更让我不能理解的是画。那么简单的黑白画就能卖到几千万，我感觉我都能画。"金谷喝了一口咖啡，再次开口，"总之，这个案子我们无法处理，所以准备暂停。"

"等等，暂停是怎么回事？"

"我们也迫不得已，都是上面的决定。说实话，上面对这个案子就不怎么积极。永井死前参加的派对的主办方在财政界都有不少关系，不想引发不好的流言。报纸和新闻上都没怎么报道这次的案子吧。"

确实，我没在新闻上看到过案件的消息。

"因为本部控制了媒体报道。"

金谷说完熄灭了烟。

"我就私下和你说，其实这次的案件排查一下周围人应该能很快拿到线索和证据。但她死前所去的派对现场和她住的高级公寓我们都进不去。那栋公寓里住的都是名流，最保护隐私。都已经死人了还是不给调查，你觉得应该怎么办？"

"谁不给你们调查？"

"警察系统本身。听起来毫无道理，但组织就是这样的。所以现在我们束手无策。说实话，在娱乐区从事画商这种不正经工作的女人被杀了反而好。"

"这么说太过分了。"

金谷歪了歪嘴角，露出一个机械的笑容。

"不好意思，你别信，刚才是开玩笑。"

虽说是玩笑，听起来格外真实。

从无名的作品涉及的金额来看，有难以想象的权力介入也不奇怪。历史上有很多政治和经济界大人物在背后操纵美术品交易的例子。就算与案件没有直接关联，他们也有很多不想暴露的秘密。如此一来，一名女性画廊经理的死亡案件很有可能将此抖搂出来。

"当然我也想抓住杀害永井的犯人，那是肯定的。毕竟是一条人命，无论发生任何事情我都想解决。不清楚你知不知道，杀人案没那么多的。所以我才避着上司继续坚持。"

我察觉到金谷的语气中难以隐忍的愤怒。

"我不明白，杀害永井的究竟是不是川田无名。"

金谷点上了第二支烟。

"有可能找到无名吗？"

金谷摇了摇头。

"川田无名就像不存在一样。无论怎么调查，都只能找到他很久以前的户籍、住民票、银行账户，没有任何近年来的社会性痕迹。如果他真的还活着，那他的确只和永井有联系。要么是诈骗，要么人就已经不在了。明确的线索只有以前的照片。如果仅凭这些就能找到他，那也不需要警察了。"

"他应该还活着。"

"我也希望，目前搜查是按川田无名是犯人的方向进行的，这应该是最和平的处理方法。"

和平的处理方法，我重复了一遍。

"我们也去询问了土门，但他精神状态不稳定，很难认为他是这次案件的犯人。如果是冲动杀人，应该会有更多证据和漏洞。"

"所以你们认为是无名？"

"你觉得呢？"

金谷直视着我。

不知为何，我想起了约书亚给我打来的电话。约书亚说，有些美术品与犯罪有关。但他说的话与无名的失踪有什么关联呢？

"你知道什么吗？"

我缓慢地摇了摇头。

"错的也没有关系，关于这个案子，你知道的肯定比我知道的多。"

"我什么都不知道。"

我们对视了一会儿，金谷似乎放弃了一般，仔细熄灭了烟头。

"也是，你现在与其关心案子，更关心下一份工作吧，也是当然的。"

我低下头。

"差不多走吗？"

金谷付了两个人的账。我坚持要付自己那一份，结果还是没能说服她。从店里出来，和她在十字路口分别后，我感到一阵不舒服的窒息。不适的感觉等到我回到画廊时，等到我和松井坐上前往机场的电车时，等到我排队办理登机手续时，等到我等候在登机口前时，都没有痊愈。

五点一过，前往香港的班机开始在成田机场的飞机跑道上缓慢滑行。

能看到飞机跑道上运载集装箱的叉车和戴着兜帽的工作人员。引导灯照在被雨淋湿的沥青地面上。

"各位乘客，请系好安全带。"

乘务人员的声音让我回过神来，虽然听从了他们的指示，我突然又担心起很多事来。

慌忙中准备的工具和客户名单有没有错误，能不能和当地的工作人员顺利沟通，我真的能顺利准备好这次博览会吗？想着想着，我靠在了冰冷的窗户上。平常我都选靠走道的座位，这次坐在窗边是因为忘记在线上办理登机手续了。

凝视着昏暗潮湿的飞机跑道，我逼迫自己振作起来。可能这次出差会是我在这家画廊里最后能做的工作了。参加艺术博览会，在拍卖会上见证这件一九五九年的作品的去向。只要能顺利完成这两件事，我的任务就完成了。

等全部都结束了，我要休个长假。我想什么都不做，悠闲地生活一阵子。我闭上眼睛，想象着自己乘坐在从香港回来的航班上的模样，却不太能想象出来。

总之，我想先去唯子的墓地向她报告一下。

我的意识如烟雾般迅速飘散，飞机开始滑行了。要思考的事情堆积如山，但在飞机离开地面气压变低时，我不知不觉地睡着了。

我到达香港国际机场的时间比预计中晚了三十分钟。可能因为等待着陆的飞机太多，我们的飞机在上空盘旋了一阵。等待入境时，松井问道："世界上有多少艺术博览会啊？"

"要说数量，每周世界各地都会办艺术博览会。"

"那么多啊。"

能够买到作品的地方很多，比如画廊和拍卖行就是典型的例子，但近来在艺术博览会上购买作品的收藏家也变多了。博览会数量的增多也证明了这一点。

"松井，你第一次来国外的艺术博览会？"

松井点头称是，接着双手捧脸说："好像做梦一样，我带了十一套西装。"

艺术博览会的其中一项魅力就是可以一次性看到很多在美术馆看不到的新作和热门作品。为了得到仅在此地才能获得的珍宝，世界各地热爱艺术品的收藏家在此集聚一堂，在如此宽敞的会场上激烈地你争我夺，尽量划算地购买到优质的作品。参展的画廊都将最好的作品放在各自的展位上，以满足收藏家们的购买欲。

能参加本次博览会的画廊极为有限，参展的倍率将近一比五。博览会主办方设置了严苛的评判标准保证质量，从世界各地申请的画廊中选出几百家。所以，能够参加一流的博览会就是一流画廊的证明。尤其是这次香港的博览会，据说是亚洲规模最大、水平最高的。

入境后，一般我会乘坐往返于机场和市内的机场快线。但这次带了两个行李箱，里面放着沉重的工具和几十册图录，我们便向出租车乘坐点走去。要是目的地是机场快线的始发站中环站还好，但我们要在那里换乘地铁到湾仔站下车，还要再步行，未免太辛苦了。而且两个人坐出租车非常划算，我便毫不犹豫地选了出租车。

看着出租车乘坐点长龙一样的队伍有些烦躁，但我渐渐感受到香港这

座城市的能量。湿度高，热气闷在皮肤上，还能闻到汽车尾气和独特的食物混杂在一起的浓郁气味。

"去君悦酒店。"

我和出租车司机说了目的地。我收到佐伯告诉我们他已经准备好酒店的邮件时，还以为哪里弄错了。

我们居然住进了君悦酒店。

的确，艺术博览会的会场就在君悦酒店隔壁的会展中心，君悦酒店是距离会场最近的酒店。但我们既不是收藏家，也不是画廊经理，不过是最底层的助理，居然住进了香港屈指可数的豪华酒店。简直闻所未闻，我自己也不敢相信。我去年住的还是位于一站之隔的铜锣湾的便宜情侣酒店。

"我们真的要住君悦酒店啊。"

"对。"

"完了，我就穿这身进一流酒店，早知道换衣服了。"

的确，在君悦酒店办理入住手续时，不该穿方便搬运东西的运动鞋和工装裤，而应该穿一些与之相称的服装，我有些多余地担心道："怎么办，我开始紧张了。"

出租车大声放着中文流行歌，飞速穿过海底隧道，来到香港岛。从穿越海岸线的高架桥上，能看到面向海湾的地方林立着数目惊人的高楼。马路上数量众多的汽车快速驶过，像窗帘一样的中文霓虹灯标语迎面而来。可能因为呛人的亚热带湿气，远处的景色朦胧得像弥漫起了白色和橘色的烟雾。

不一会儿，出租车驶上了主干道，路边都是大众餐厅和旅馆花哨的招牌。细长的有轨电车发出巨大的金属音，穿过汽车与汽车之间。靠近会场时，不时能看到博览会的条幅。出租车停在了环岛状的入口，正是会展中心的大门。

"准备已经接近尾声了。"

正面入口处放着许多装有作品的箱子。原本装卸区应该在其他地方，估计有从业者违规搬过来了。艺术博览会基本都要连夜准备，这次应该也是这种模式。挂着通行证的工作人员单手拿着电话，慌张地工作着。

"酒店呢？"

询问后，出租车司机指着左侧的楼梯。我们从出租车上搬下行李后，朝博览会会场隔壁的君悦酒店边门走去。酒店里的空调开得很足，远远听到有人在现场演奏钢琴。君悦酒店于一九八九年在湾仔开业。装饰艺术风格的大厅天花板很高，巨大的螺旋楼梯和怀旧优雅的黑金色欧洲风格装修给人一种豪华高雅的感觉。

我们办理完入住手续后，定好明天十一点集合。由于内部需要筹备，画廊工作人员可以进场的时间相对较迟，大约在中午左右。我告诉松井后，他高兴得跳了起来。

"哇，我能慢慢享受君悦酒店的早餐了。"

看到他欢腾的模样，我想象起明天等待着我们的繁重的工作。明天先要去展位，确认作品是否顺利抵达。安装的墙壁处理得好还行，但因为白色简洁的墙壁上污渍反而比较明显，所以要重新处理色斑和染色的地方。不知拆封之前能不能顺利完成，我有些担忧。

"晚安。"

和松井分别后我叹了口气，但定好的房间实在太豪华了，将之前的疲

惫和不安都赶走了。从窗户能将九龙半岛的夜景一览无余，浴室也装了玻璃，同样能看到这一美景。放下行李后，我躺倒在床上，暂时不去管要和运输商发邮件沟通的事，发了一会儿呆。

第二天开始的准备工作正如我担心的那样，不，应该说是更甚。不管什么事情都很困难，全都是意外情况，没有一件事顺利。在唯子不在的情况下参加博览会，就像没有舵手的船在风浪中行驶一样。我一直都忙得焦头烂额。

首先是不知道为什么通行证在入口不能使用了。进入亚洲最大的艺术博览会时，必须要在入口出示卡片，就算给他们看名片也完全没用。出入场时需要扫描卡片上的条形码检查，连参展的画廊经理都要扫描。但我们卡片上印刷的条形码扫了好几遍都有错误，以致受阻于此。

接下来是装有作品的箱子的送达时间大幅延迟。作品没有抵达就无法开始准备展览，我甚至害怕地想着，如果作品一直不到怎么办。而且，果然不出我所料，安装的墙面上有无数痕迹和色斑，必须要委托安装工人修复。

另外，虽然是国际性的博览会，之前委托的安装工人却不会说英语。不过是补个漆就要花费巨大的气力。我暗骂自己为什么不事先请一位翻译。

这类问题列出来实在没完没了。

比如给作品照明的灯光，安装的和事先订购的种类完全不同，数量也不对。我们雇的几名帮忙布置展位的工人迟迟未到，结果还有人要空手碰作品，导致我们必须要一步一步仔细教起。

每次发生问题时，我都要去找能沟通的主办方工作人员，在会场跑得脚都肿了。

麻烦的是，这是一场与时间的战斗。

要是花点时间就能解决，也不用那么辛苦了。但艺术博览会有规定的限制时间。在正式开放之前，博览会会招待一些特别的顾客举办预展，这与营业额的关系最紧密。其他每家展位都稳步接近尾声，只有我们落后了。

二手画廊的展位上展出了无名在九十年代发表的巨大石碑。既是展示，也是保存。而且，到处都放满了无名的作品。尽管我们一手画廊挤开了二手画廊以及在各个城市都有分店的欧美大型画廊，占据了最宽敞、最引人瞩目的位置，但明显准备工作滞后了。看到我们的情况，其他画廊的员工特地来冷嘲热讽，但我们连和他们生气的空闲都没有。

结果，等我们把所有作品都取出箱子靠在墙上准备布置的时候，已经是开始准备的第三天，也就是预展前一天晚上七点了。

作品的数量不多，但我还不太习惯指挥别人，花费了比预计更多的时间。我们筋疲力尽，话都说不出来了。最后的布置开始前，我们去附近的店里填饱了肚子。对从未经历过博览会的松井来说可能太过残酷了吧。

"我不太舒服……"

从店里回去后，松井满脸苍白地说。他之前看上去就非常累了，现在更是快要倒下了。

"你先回酒店吧。"

"但是……"

听我这么说，松井满脸抱歉地说道。

"没事，还剩一点了。"

松井走后，我重新开始剩下的工作。可能不忍看到我们展位的准备工

作大幅落后，主办方特别允许我在规定的画廊工作人员的工作时间外再留一会儿。

我沉默着在昏暗安静的会场布置作品，但按照之前考虑的方案总感觉哪里不对。我绞尽脑汁，费心调整了作品的顺序和悬挂的高度，可无论怎么试都没有合适的布局。

应该怎么办。

我心里没底得想哭。为什么怎么都做不好呢？我放弃的话应该会轻松点吧。

唯子要是在就好了，唯子在这种情况下会怎么做呢？

反反复复挂上拆下了许多次，最终将总共十二幅作品布置得差不多时，已经是第二天了。

工作告一段落。我环顾了一下展位，忽然感觉空间变得明亮了。怎么回事？

我没有调整照明，还是因为太累双眼模糊了。我狠狠眨了一下眼睛，再次环顾了一下展位，果然感觉有些微的光。

再定睛一看，我发现是作品中发出的光照亮了整个空间。

展位墙上挂着的十二幅作品不是孤立的，它们绝妙的布局形成了一个整体，散发出光芒。如果单看每幅作品，或者布局得不好，都很难注意到其中的魅力。它们在自己应有的位置展出时，第一次互相呼应起来，奏响了和谐的乐章。

当我发现时，心中热乎乎的。

这就是感动吧。我听不到远处工作人员的说话声，也忘记了剩下的布置时间，只有我和作品存在于此。

我无法从作品上移开眼睛。

这十二幅作品比以往发表的任何风格都要简洁明了。比如哪怕画面上大半部分都涂上了墨，其绝妙的浓淡色调和整体的平衡也都能让人发现白纸的美。相反，在几乎全是空白的纸上留下绷紧的细线，本身就吸引了人的注意。

这十二幅作品不是连续创作的，但它们都拥有无名作品的共同特点。它们差异巨大，但聚集到一起却仿佛可以亲密地进行对话，散发出各自的光芒。

差异如此明显，正是因为墨和纸的材质。这些作品因材料和工具的融合引发了一定的现象。就连若无其事的洇染，都能看出因挑选出来的组合产生的必然的性格。

乍看不过是黑白两色的作品，但其中不只包括黑与白的二元性，更蕴含着宇宙，诞生了无名的思想。

我看着这些作品，了解到许多未知事物的另一面，也产生了更多新的发现。我再次感受到，认真欣赏作品也需要欣赏者拥有一定知识和经验。

更美，诉说得也更强烈。

我一定要保护无名的作品。

我想展现出它们应有的模样，我想将它们送去适合的地方。我还不清楚无名和唯子的想法，但这些作品一定要以合适的形式展现在他人面前。

"加油吧。"

我小声说，压抑住心中涌起的感情，完成最后的收尾工作。

"太棒了。"

第二天中午，松井来到展位时，用比昨天清爽得多的语气说着。

"恢复好了？"

"是，非常抱歉。对了，佐和子，感觉你变精神了。"

"太累了反而就精神了。"

我们笑了。接着便是关于本季度的最后一次碰头会，办理主办方那边的手续等杂务了。

"佐伯呢？"

按计划佐伯应该快来了，但很快就要到预展开幕的时间了，佐伯还是没有联系我们。

"航班好像延误了。"

松井用苹果手机搜索了一下航班信息说道。

"这不好办了。"

"但也没办法。"

"也是，稍微去外面休息一下吧。"

我们从会展中心正门出去走上人行道，眺望着香港的码头。维多利亚港的海面在正午阳光的照射下闪闪发光，天星小轮[1]向着九龙半岛的方向缓慢驶去。铅笔一样的高楼要是亮起霓虹灯，整个海湾应该会如同宝箱一般化成光之海洋吧。一阵风吹过，水面上泛起涟漪。抬头仰望天空，一群鸟儿飞过。

我发了一会儿呆，沉浸在美景之中，也不知道过去了多久。看了下钟，

1　天星小轮是香港维多利亚港著名的拥有悠久历史的渡海交通工具。——译者注

艺术博览会很快就要开幕了。

我在手腕上喷了点香水，在卫生间脱下搬运作品时穿的衣服，换上正装。当然，也把运动鞋换成了五厘米高的高跟鞋。脚肿得厉害，但想到接下来就正式开始了，我不禁振奋起来，在入口出示了卡片。许多收藏家都等待着开幕。在期待与紧张中，博览会正式开始了。

第一天的销量非常喜人。有三件是老客户之前就看过的，很快便达成了协议。博览会开始后，来了几位新客户，另外五件也都迅速定下了买家。剩下的几件则已经被预约了，预约的客户在博览会结束前应该会联系我们正式下单。

快结束的时候，佐伯终于联系我们了。原来不仅飞机延误了，入境的地方也全都是人。

"而且刚到的时候天气那么好，结果突然下起了倾盆大雨。"

"太不容易了。"

"是啊。"

"希望不要交通堵塞。"

"对了，销量怎么样？"

听我说不差，佐伯似乎安心了。挂了电话，我对松井说要休息一会儿，便离开了展位。一直穿着高跟鞋，感觉脚尖好像流血了。尽管累得我几乎感觉不到成就感，但机会难得，我便在会场里参观学习一下。

热气腾腾的会场里布置着许多家画廊的展位，每家都精心展示着作品。沐浴在聚光灯下的作品旁，画廊工作人员笑容可掬地与收藏家激烈地交涉着价格。

展示的作品中，有的极具标志性，看一眼就能知道作者和标题。有多少价值，为什么在此展出，市场上的信赖程度有多高，每位收藏家都有自己的数据库。他们详细调查着哪些是值得自己投入大笔资金的战利品。这些标准比作品本身的美感更重要，懂行的人才看得出来，他们会根据作品背后的含义和背景进行判断。

其中也有一些标新立异的作品和让人忍不住背过身去的粗鄙之作，但来到这个舞台，也会突然绽放起光芒，卖出荒唐至极的高价。

在一切皆有可能的舞台上，连人都成了记号。看到与自己擦肩而过的人，便会想象和推测对方在美术馆是什么职位，拥有多少资产等。在几乎很难行进的人群中，聚集了世界各地的收藏家，他们正和气地聊着天。

他们通过交谈交换着信息，聊着看没看到优秀的作品，哪家展位不错，同时毫不遗漏地盯着周围有哪些人路过。一次对视可能就隐含着重要的信息。

这时，苹果手机上显示松井给我发了信息。

"罗迪来展位了。"

我慌忙回到展位，只见两位有点脸熟的人挥手喊道"你好"。罗迪的馆员知性美女给了我一个大大的拥抱，他的下属大背头在身后微笑着，实在看不出和上次发怒的是同一个人。和这两位热情的人在一起的是一位身高不高的中年男性。

"这位是罗迪先生。"

终于见到了罗迪本人，但他和网上搜索到的照片给人的感觉有些不同。他穿着看起来就很昂贵的西装，打着领带。脸上笑眯眯的，眉头的皱纹却没有松开。

"罗迪先生，您好。"

周围路过的人毫无例外地都认出了罗迪，他们走近打着招呼，似乎想多聊一会儿。我还能感受到周围展位的画廊工作人员投向我们的炙热目光。他们偷偷摸摸地观察着我们的情况，等待罗迪和我们的谈话尽快结束，好去他们的展位。

"初次见面。"

"情况怎么样？"

大背头接过我的名片，罗迪问道。

"不算差。"

"佐伯呢？"

"他正在往这边赶。"

"今晚约好的事怎么办？"

"今晚吗？"

我反问的一瞬间，空气有些紧张。

"非常抱歉，我没有听佐伯提过。"

"没关系。"罗迪露出笑容，"我邀请他在主办方举办的晚宴前去我那边看看。要不就你来吧？我给你介绍我认识的收藏家，反正博览会还有三十分钟就结束了。"

我和松井面面相觑，没想到能和罗迪谈这么多。我知道应该拒绝这次邀请，但还是点了点头。说不定能知道什么有关唯子之死的事情，我暗中盘算。

"车就在那儿等着，走吧。"

最后我把松井留在展位上，自己和罗迪一行人向着入口走去。颇受欢

迎的罗迪在会场上不断有人搭话，因此穿过会场花了不少的时间。

环岛附近集聚的红色出租车中间，停着两辆打理得发亮的黑色奔驰车。雨势正猛，高耸入云的大楼顶部看起来像笼罩着烟雾。乌云盘踞在低空，不时几道闪电划过。天气突然变差，出租车的乘坐点排起了长队。坐进面前的奔驰车，罗迪发话道：

"香港的天气经常这样。"

主干道上挤满了行人撑起的伞。繁华的马路边都是高级酒店和服装店，对面堆满海产品和干货的小摊正急忙收着摊。

"你第一次来香港吗？"

"我第二次来。"

暂时沉默了一会儿。

敲击在挡风玻璃上的巨大雨滴在汽车座位上留下斑斓的影子。车内装潢豪华，我和罗迪的座位中间装有空调和影音设备的操作按钮、电源，还放着瓶装饮料。忽然我注意到了罗迪的手，相较于他的身高算是一双很大的手，昭示着他在印度尼西亚、上海和香港等地拥有实权的身份。

他究竟怎样走到今天的地步呢，我想。

"您经常来香港吗？"

听我问起，罗迪开始谈起过去的事情。

"香港对我来说是一个非常特别的地方。"

罗迪语气平淡地讲述着，内容却如同惊涛骇浪。

他的父亲原本在上海的租界做生意，在五十年代时便搬到了香港。香港当时刚刚摆脱了日本军队的侵略，人口爆发性增长。受经济发展的鼓舞，他的父亲便在罗迪出生后不久从事了走私生意。

几年后的一天晚上，香港发生了暴动，他的父亲便没有回来。家里人找了他几天，一周后在垃圾场找到了面目全非的父亲。

"当时香港逃来了很多资本家和企业家，也有很多人和父亲从事同样的生意。无论怎么说，就是父亲运气不好。"

罗迪后来便在香港长大，从美国名校毕业，转移到新加坡生活。

"如果没有父亲的事情，我应该还会留在这里。"

我不知道应该说什么，沉默地听着他的话。雨刮器发出的规律声响回荡在安静的车内。

"到了这个年纪我也明白了，要惜命就要知道规则，但知道不代表遵守。知道规则才能掌控规则，我的成功便证明了这点。"

汽车爬上坡进了小巷，停在了漆黑的立方体建筑前。罗迪的下属们已经撑着伞在此等候了。地下酒吧里放着一架大钢琴，有人在现场演奏。

已经有数十名客人享受着酒和音乐，坐在沙发上谈笑风生。大家都是为了这次的博览会而来到香港的收藏家和美术界人士。我借口去卫生间，打电话给佐伯，但没有接通。在安排好的座位上坐下时，罗迪说："这家店是我经营的，为的就是让客人欣赏收藏品。设计师是日本的建筑家，他也为很多艺术家提供过室内设计服务。"

墙壁上挂着一眼就能看出是无名作品的巨幅水墨画以及其他艺术家的作品。看着这些不输于美术馆的名品，我忽然想到，促使他收集这么多作品的动机是什么？

听我问完，罗迪说："我只能说自己无论如何都想买下来，这就像问

艺术家为什么要创作一样。"

罗迪谈起他与无名的相遇。

"无名的作品是我的起点。他不仅是我作为收藏家的起点，也是我人生的起点。"罗迪不等我插话，滔滔不绝地继续说道，"我第一次看到他的作品，是我偶然路过纽约的一家二手画廊的时候。我在三十岁左右搬到了新加坡，之后过了很长一段时间，感觉自己无论去哪里都是个外人。回到生我养我的香港时，可能碍于失去父亲的伤痛，完全亲近不起来。就在这时，我遇见了无名的艺术品。那时我对艺术品完全不了解，但无论如何都想买下来。"

罗迪瞟了我一眼，笑道："听起来像编的吗？"

"哪里，没那回事。"

"没事，我自己也不相信，但的确是事实。那幅作品捕获了我的内心，没有体会过的人肯定无法理解。我查了一下，他因为自己既不是日本人也不是中国人的血统苦苦挣扎。所以在我的理解中，无名的艺术是一种对身份认同的叩问。我和画廊交涉表示想见到作者，但对方说他已经回到日本，音信全无，劝我放弃寻找。但我无论如何也不肯放弃，通过熟人的关系总算找到了他的所在地。见过他之后，对他更感兴趣了。"

"你们聊了什么？"

"也没什么重点。我们一边喝酒一边谈论着他自己和他的作品、历史和政治、平常思考的事情等。后来他似乎对我感兴趣，突然拿出一幅六十年代的杰作，我便用六万美元买下了。"

"难不成就是那幅后来成交价是六亿日元的作品？"

"你很敏锐。现在看来价格非常便宜，但我当时极为犹豫。可他预言，这幅作品总有一天会翻几十倍。听起来像是精神错乱的中年人在胡言乱语，不过我难得来次日本，觉得就当自己被骗了便买了下来。后来我几乎把这件事遗忘了。直到一九九九年，有人联系我问我要不要把这幅作品拍卖，我就照做了。没想到最后的成交价是六百万美元，也就是说翻了一百倍。唯子的画廊刚开没多久。那时我简直吓坏了，后来便按照无名的指点购买他的作品再转卖出去。为了提高他作品的价值，我决心开始投资。"

这名男子，罗迪，是无名真正的长期商业合作伙伴。正是他支持了无名的谋划，在市场上推波助澜。

"我经常参加欧美的博览会，他卖得不好的时候我也会从唯子那里全部买下。每次去拍卖会看到条幅上的大师作品时，都会想无名的作品什么时候能获此殊荣。"

这时，罗迪似乎想起了什么，说道："对了，那幅一九五九年的作品是明天在拍卖会上亮相吧。"

"对，非常抱歉。"

"没事，我听说是无名的意愿了，不要在意。不管怎样，最后拍下的人都是我。这比其他客人买到要好多了。"

和佐伯说的一样，我放下心来。

"遵从艺术家的意愿是最基本的规则。无名很讨厌收藏家不经过他的许可卖掉作品，因为擅自卖出作品会打破市场的均衡。一旦擅自卖出，收藏家需要承担丧失直接购买作品权利的风险。所以我觉得他的指示是最重要的。"

"那我就放心了。"

"不过是游戏而已，目的也不是为了钱，也不会要你的命。"

罗迪可能打算开个玩笑，但他的笑容绷得有些紧张。

"您觉得您的命大概能报价多少钱？"

我静静地等待他回答。

"没什么值得卖的。"罗迪饶有兴味地看着我说，"只是假设而已。马克思说过，商品化就是为任何事物赋予交换价值。要将您的性命商品化，就要简单估算一下您一生可以赚到的钱，就当是两百万吧。那么可以交换您性命的货币就是两百万，但我们讨论的作品远比这个价格高多了。"

"您有什么目的？"我勉强开口道。

我的声音有些沙哑，而罗迪露出了一个完美的笑容。

"这就是游戏，就算有规则可能也没目的。收集美术品就是一种极致的享受。既是花钱的游戏，也是种信仰。我没有开玩笑，无名是我的神，我是他的信徒。如此说来，无名的作品就是将信仰商品化。"

罗迪对自己说的话满意地点点头。

"有位宗教学家说过，幸福的人不知道什么是宗教，我也赞同这种观点。如果原本就非常幸福，就不会陷入艺术品的世界。购买艺术品的有钱人拥有强烈的好奇心，思维比较灵活，汽车和宝石无法满足他们，所以他们才会参与这个游戏。不知道能不能有所收益，只是一味寻求神明，寻求领悟，这种游戏在漫长的历史中已经形成了文化。你也是这个游戏的玩家之一。"

"我？"

"当然。像你一样的画廊员工、美术馆馆员、艺术家都是玩家，因为有你们这样大量的玩家，就算规则不断变化，游戏本身也不会停止。"

"是谁控制这个游戏呢？"

罗迪脸上浮现一丝笑意。

"不是艺术家和馆员，也不是我们收藏家。有钱不代表强大，因为艺术品没有绝对的法则，这就是这个游戏的困难之处，也是它的有趣之处。所以诞生了这个行业，从事这个行业的组织在全世界形成关系网。"

组织，我重复了他的话。

"也就是在作品交易时能获利的集团，现在在这个游戏中拥有最大权力的事物。画廊和拍卖行在某种程度上距离组织还有一段距离，要想获得更多收入，就无法避免与组织产生联系。一件美术品的价值可能与它的优秀程度有一定关系，但更多的是他们这些掌控市场利益的相关人士有计划地决定和维持的。"

我回想起约书亚和我说的话，有些美术品与犯罪有关。如果组织中有些人与犯罪有关，那就麻烦了。

这时，我在店里看到了两位眼熟的人。罗迪顺着我的眼神看过去，说道："哦，他们也是组织里的一分子。"

那两人就是唯子死的那天来画廊表示想买作品的中国台湾夫妻。不，很有可能不是夫妻。

"你认识他们吗？"

突然，两个人背过身去。见我什么也没有回答，罗迪说："唯子是一名非常有实力的画廊经理，但正义感太强了。"

"怎么说？"

我发出的声音好像不是自己的了。

"中国有句谚语，叫作聪明的好人不吃亏，聪明的坏人有钱赚。她应该算是前者。我不知道你是哪类人，但无名就是后者。一个人是好人还是坏人，聊过就能明白了。他非常清楚自己是个坏人。"

我一动不动地盯着笑容中带有深意的罗迪。

"但唯子拥有权力，成为无名的代言人之后，发生了很多变化。三角关系松动了。"

"所以唯子才被杀了吗？"

"怎么会。"罗迪笑着说，"你说得像是无名或者我把她杀了一样。"

"也是。不好意思，我开个玩笑。"我竭尽全力微笑着，"请不要介意。"

罗迪突然严肃起来，直直地盯着我看。

"但这件事非常重要。究竟是谁杀的她？仔细思考一下吧。回到刚才的话题，你觉得是谁杀了我的父亲？是领地意识极强的同行，还是精神异常的暴徒，或者是被某一方雇佣的杀手，抑或是规则本身？"罗迪稍微等了一下回答道，"从结论上来说，没有正确答案。"

"您觉得唯子怎么样？"

"我很相信她，收藏家、画商和艺术家是休戚与共的。如果市场上川田无名的潮流消退，商人和拍卖行这些间接利益相关人员都会从他的身边消失。在下一次恢复热潮前留下来的只有我们收藏家、画商和艺术家本人。我们就是这么认真地参与这个游戏，唯子为了无名做任何事都没有怨言。"

我的视线转移到桌子下方，盯着自己微微发抖的粗糙指尖。

"但我说过很多遍了，对我来说这是一个游戏。游戏就有规则，就有胜负。要得出最佳的判断，就不需要同情和嫉妒。一旦感情用事，不知道规则，就会像我父亲那样丧失性命。"

一名陌生男子走近，对罗迪耳语着什么。他们用中文简单地交谈了几句后，罗迪对我说："那我差不多该走了。感谢你那么累还抽时间过来，我让他送你回酒店吧。"说完，他从座位上站起身，最后对我露出一个微笑，便离开了。

雨比刚才小了一些，这次我一个人坐进了黑色的奔驰车。

感觉自己来到了一个极其遥远的地方。

正因为有罗迪，无名的市场才成熟到现在的地步。罗迪不只是为了赚钱，他购买艺术品也有自己的考量。他对无名的信仰可能比任何收藏家都深，所以他才会自掏腰包付了那么多钱。

但我和罗迪交谈的时候，害怕得无法控制。

由于太过紧张，紧握的手掌已经冷得几乎失去了知觉。紧张不是因为我在和牵动艺术品界的大人物谈话，而可能是我对艺术品的难解之处、市场的深不见底触及得过深，才如此害怕。

唯子肯定很想和罗迪这种收藏家断绝关系。她比任何人都珍惜自己手中的无名的作品，她让更多的人看到了无名的作品。面对可疑的收藏家，无论对方有多少钱，她都让对方吃闭门羹。她为自己能销售无名的作品而骄傲，更重视选择客人而不是被客人选择。她有着作为画廊经理的理想。

就算是为了让无名登上顶点，我也很难相信这样的唯子会和罗迪沆瀣一气。估计是等她注意到的时候，已经没有回头路了。应该有人去保护唯子。

这时，佐伯打来了电话。

"抱歉我来晚了。"

"我刚和罗迪见过面。"

"是吗？"

"对，稍微了解一点艺术品界的事情。"

我小声说道。最后留下来的是画商、艺术家和收藏家，罗迪的话在我

耳中回响。路上堵着车，喇叭声络绎不绝地响起。

"您呢？"

"我刚办完入住手续。"

"这座城市挺美的。"

沉默了一会儿，我看着窗外说道。

"远看是的，其实又脏又不适宜居住。我等会儿要去派对，你不用勉强。在拍卖会前保留点体力。"

"谢谢您。"

"再努力一把。"

听到这句话，我紧绷的内心放松了下来。

我闭上眼，深呼吸了一口。

"今天好好休息。"

"是。"

到达君悦酒店后，我向面无表情的司机道了谢便下车了。路过前台坐上电梯，伴随着优雅的声音，我在房间所在的楼层下了电梯。听到装有自动锁的房门关上，我躺倒在床上。

我摸着唯子最后送给我的项链，回忆起从开始当唯子助理起的三年时光，视线不由得变模糊了。转眼间泪水涌了出来，滴滴答答地落在了白衬衫上。

我在唯子死后第一次哭出声来。

唯子应该有多么懊悔啊。

泪水流得停不下来，似乎要把我之前忍耐的那部分全都流干净。幸而有这豪华的夜景，房间里没有开灯也十分明亮。闭上眼睛，在那些透过眼睑还依旧闪耀的光芒之中，我看到了唯子的背影。

第七章

神の値段

　　那部一九五九年的作品将在日场展出，会场似乎在会展中心的另一层。拍卖会分为白天举办的日场和日落后举办的夜场两种，今天受关注的似乎是日场。

　　拍卖会的会场就设在宽敞的预展会场隔壁，位于距离入口最近的区域，里面满满地放着超过五百人的座位。仅仅几个小时，这里便会流动巨大的金额。

　　距离拍卖会开始还有一段时间，我就去了预展会场。在亚洲近代艺术分区的展厅内，无名的作品放在最显眼的位置。聚集起来的人群证明了它强烈的存在感。它一直就在我的身边，这却是我第一次看到它正式展出时的模样。

　　我闭上眼睛深呼吸了一口，再次看向那幅一九五九年的作品。

　　那幅画是无名的起点。那时他还不想成为神，只是在纽约单纯地追求着更高的境界。它同样也是已经消失了的无名的本质。

这是我最后一次和它见面了。

这么一想，我便觉得应该好好和它道个别，于是我越过人群凝视着它。按照唯子的指示在画廊里拆封时，我只是震惊于一幅意想不到的杰作的出现，被细节吸引了注意力，思考有什么商业价值。出示给香月夫妇和罗迪代表团时，也没有心思好好欣赏。

在合适的距离与合适的地点观察它展出时的模样，我才终于算是认真打量了那幅画。它挂在足够宽敞的空间，沐浴在恰到好处的灯光下，我站在适当的高度与那幅挂在宽阔墙壁上的画对视。

我回想起进驻艺术博览会时我完成安装的那个瞬间的感动。当时我注意到了，在理想的空间和布局中欣赏作品有多么重要。如此一来，作品之间会生出默契，整个空间也会绽放光芒。

空间和布局。

还有其他的吗？

看着它在预展会场宽阔的白墙上悬挂着的样子，我脑海中浮现出了一个猜想。那幅巨大的作品会不会是比它更大的一幅作品的一部分？会不会有其他已经丢失的相关作品？

可能这是个毫无道理的妄想。

但我从画面中无处不在的文字碎片般的形象中找到了这种感觉。

比如画面下半部分的轮廓是由地层一样深浅分明的粗线勾勒而成，难不成是"山"这个字的一部分？另外，画面左上方轻柔盘旋般落下的四个点，看起来有点像"鸟"[1]这个字最后写上去的四个点。说不定那个圆形，也是"口"这个汉字的一部分？

---

1 日语中鸟的写法为"鳥"。——译者注

这些灵感只有在远远地观察时才能产生。画面各个细节处如同闪光灯一般瞬间闪耀的刺眼的光消失了，整体绽放出了光芒。

这是一幅花鸟画。

我非常肯定。

我能注意到这一点，都是因为我年纪小还不懂事时，父亲就带我去美术馆和博物馆。那时欣赏过的水墨画和书法的记忆还朦胧地留在脑海中。我以为自己没有兴趣就完全忘记了，其实在脑海深处还残留着模糊的记忆。

无名在这幅画中，将绘画风格的墨与文字的记号理念结合起来，表现出壮丽的风景。

雄伟高山的一部分横卧着，上方日月同辉。绽放光芒的云朵之间，无数的小鸟自由地盘旋，落在前方的大地上。清澈的小溪流淌着，附近连绵的树林隐藏在雾间，消失在深处。尽头的泉水边，刚才那些鸟儿在此栖息。大朵大朵的花落满了花瓣，如同送上盛大的祝福时放起的烟火，竞相怒放。

再一次从整体角度观察这幅画时，我终于明白这幅作品画的是什么，无名想表达的是什么。他想表达的是大地，是生物，是自然。不是人支配的世界，而是人所在的真实世界。无名在这幅作品中勇敢地描绘了这样的世界。

在以前的手记中，无名写过他想成为像太阳一样掌控生命循环的神。他第一次实现这个愿望，就是在这幅作品中。

在年少时长大的乡村，无名除了在自然中玩耍就只有书法。因此，他亲身感受到汉字表达了森罗万象，也明白了墨与毛笔的特别之处。

究竟有几位评论家和研究者明确讨论过这一点呢？至少我没有读过从背景分析的文献。当时人们只是对一个用墨的日本年轻人赋予了表面上的

关注而已。

第一位从正面接受这幅作品中难以理解的主旨的人，肯定是年轻时的唯子。为了让这一主旨成真，唯子建议他成为绝不在人前现身的神，并给予了支持。

为什么无名不公开说明作品的真正主旨呢？答案很简单。艺术家的想法如果不能通过作品来表达，就没有意义，完全像是无名的态度。仔细想想，这幅画应该是更大一幅画的一部分，而且无名将其他部分都砍去了，也像无名的风格。想到工作室完成的大部分作品都在无名的指示下销毁了，我一点也不惊讶。

眼前能清晰地浮现出无名当时的模样。

初出茅庐的无名在纽约的工作室里将所有纸都拼凑在一起，为了创作出前所未有的巨幅图画，为了达到没有任何人达到的高度，他拼命挥动毛笔画满每一个角落。从笔触的曲折中，无名的身影跃然纸上，仿佛能感受到他沉重的呼吸声。他的手随心所欲地挥动，每一个动作都无比自然，但眼中闪现着敏锐的光芒。

我看到的不是黑与白，而是一幅色彩丰富、活泼灵动的画。我重新体会到这幅画有多么深邃，对绘画的可能性有多么追求。无名想冲破具象和抽象的传统框架，挑战一种以自己的语法来诉说的超越性艺术，象征着生命循环和世界最根本的结构。

无名的表达手法是剥夺汉字中的概念，回归原型中的自然风景。文字不再是音素和符号，他要让文字拥有呼吸和血脉，让玩闹般的文字重生为文字以前的形态。他揭露了人类为了方便理解将任何事物都化为记号的利己性，用相反的方式将汉字融入表现手法中，表达自然不为人类支配的本质。

想到这里，我微微一笑。

因为没有答案，一切都是我的假设。就好像试图破解没有正确答案的谜题一样。

但哪怕是不着调的胡乱解释，这也是我人生中第一次认真欣赏作品，对此我已经满足了。不仅因为我能够分析作品，也因为我走到这一步前经历的动荡时光。

为什么他的作品能穿越时间的长流，获得那么多人的喜爱，拥有如此高的价值呢？

我心中一直存在的疑问逐渐得到解答。

尽管这只是一个人创造出的世界，它却触及了记忆深处铭刻的万物诞生的能量，回应了所有人心中的欲望和憧憬，拥有着普世的力量。所以它能超越思想和宗教呐喊出声，获得金钱无法衡量的价值。

我终于相信了。我发现了因商业价值的吸引而错过的无名的纯真的艺术，也重新注意到无名常年没有出手这幅作品的真正原因。

我必须要见证这幅作品的去向。

"那幅作品真的很棒。"

和我说话的是拍卖行香港办公室的高级负责人，一名叫苏菲的女性。苏菲的父亲以及祖先代代都是没有工作过的贵族，她却是名杰出的销售。她是中国绘画的专家，数年前销售的作品交易额创下了亚洲美术史上的最高纪录，从而成为传说。

"博览会的销量如何？"

苏菲对待最底层的我也非常亲和。

"多亏您的照顾，还不错。"我回答道。路过的高个子服务生拿来了香槟，被我拒绝了。

"不过真感谢你们能让这幅作品参加拍卖会。"

苏菲降低了音量，开口道："对了，刚才我见到罗迪了。"

"嗯，他要是没拍下来，可能我就没命了。"

苏菲发出干巴巴的笑声。

"别担心。我偷偷告诉你，拍卖行在竞拍前基本就预测到要卖给他了。"

苏菲说着向我眨了眨眼睛。

到了开始拍卖的时间，拍卖会会场里的座位坐满了八成。前排还有空位，后排几乎已经满座了。佐伯在中间偏后靠右的地方占了两个座位，看到我示意了一下。他的膝盖上放的牌子上印着巨大的竞拍号码。

"罗迪在那边。"

按他说的回过头去，我在左边斜后方发现了罗迪的身影。他旁边坐着大背头。对视时对方冲我微笑了一下，我只是轻轻点了点头。

这时，拍卖师走上台，会场里议论纷纷。拍卖师是一名典型的香港年轻男性，戴着一副颇有特色的粗框眼镜。他简单地打了声招呼，用英语说明了几条这次竞拍的注意事项。

接着一名女性工作人员上前，用中文阅读了注意事项。会场里的人继续增加，多了不少站着旁观的人。

"竞拍现在开始。"

拍卖师说完。会场安静了下来，所有人都看向了拍卖师。

稍微有那么一瞬间，会场恢复了原本的嘈杂，但随着开始的信号响起，竟有一丝紧张感。

面前的屏幕上投影出作品的影像。"五万美元起拍，五万美元。"拍卖师略带口音读出来的数字以美元为单位，同时工作人员会用中文报出数字。屏幕上列举了换算成各国货币的金额，人民币、欧元、英镑、韩元、日元都在其中。

会场两侧楼梯般逐渐变高的座位上，坐着拍卖行的工作人员。他们同时在与当天没有到场的竞拍者通电话，其中混杂着英语、普通话、粤语、法语、印度尼西亚语等各种语言。在表面平静实则有些兴奋的氛围中，台上的竞拍师已经不紧不慢地写下了数字。

打电话的工作人员一副不慌不忙的样子和其他工作人员交谈，讨论联系事宜。我读着图录上的解说文字，记录下最初的金额和成交价，观察着情况。

最开始的五件是比无名时期稍早的华裔画家赵无极的作品。他前往法国时遇见了保罗·克利的作品，深受其影响，最开始那件作品就是这一时期的。

保罗·克利喜爱使用线和文字等记号，因在画布上设下多个暗号而闻名。而赵无极在长得令人联想起洞窟壁画的画布上，使用了淡淡的暖色背景，到处都散落着融入各种文字的碎片图案。第二件作品是同一时期的。大量使用垂直线和平行线，均衡布置三原色的画风，也令人想起皮特·蒙德里安，也可以展现出当时的时代背景。

第三件风格一转，是赵无极在美国时的作品，基本和无名前往纽约是

同一时期。在无名出名后，他也跟着发表了与书法哲学相通的抽象画。两个人是战友，互相认可对方。也是他将皮埃尔·苏拉热[1]介绍给了无名。

同时，他深受弗朗兹·克莱恩和抽象表现主义作品的震撼，覆盖在画面上仿佛要将人吸进去的深红色也和马克·罗斯科的作品类似。我确认了一下图录，这幅作品在东西方闻名的美术馆都展出过。

无论哪幅作品，都有许多竞拍人举起了牌子，但最后由一位在台北拥有两座私人美术馆的著名女收藏家获得了五件中的四件。她低着头，从侧脸能看出她露出了一丝微笑。身旁坐着的十几岁的女儿似乎没什么兴趣。

接下来炒热会场气氛的是被誉为"中国马蒂斯[2]"的二十世纪代表大师常玉的油画。这幅写实画中用流畅的笔触描绘了裸女和插花，而常玉与藤田嗣治[3]也颇有接触。他被与毕加索等人熟识的画商亨利－皮埃尔·罗谢发掘，将东方的精神与西方的静物画风格融合在一起。

参与竞拍的是他被埋没时期，也就是五十年代的作品。由于尺寸大质量高，还属于他的代表作系列，可以说是足以收藏进美术馆的杰作。图录上宣传，能获得这种作品的机会非常少。这句话多么具有煽动购买欲的能力。

1　皮埃尔·苏拉热出生于1919年，是法国画家，雕刻家和雕塑家。其作品被全球上百家美术馆所收藏。——译者注

2　亨利·马蒂斯(Henri Matisse, 1869-1954)，法国著名画家、雕塑家、版画家，野兽派创始人和主要代表人物，与毕加索是20世纪最重要的两位画家。——译者注

3　藤田嗣治是出生在日本东京都的画家，雕刻家。他将日本画的技巧引入油画，以猫和女人为主题的画作见长。时至今日，仍然是在法国最为著名的日本艺术家。——译者注

台上刚投影出作品的影像，下面就有足足超过十个竞拍者的牌子同时举了起来。

"这幅作品是本次竞拍的一个高潮。"

佐伯用图录挡住嘴小声说道。

上面没有估价，第一次报价就是三百六十万美元。

"价格好高。"

我不禁说了出来。

还没喘过气来，金额就不断上升。回过头时，发现整个会场到处都举着手。

"拍卖开始了吗？"

听他问道，我点了点头。

"这种会场里许多人举手的作品就是期待度高的，今后也有升值空间。有时就算成交价高，可能是只有两个人一对一竞拍，偶然达到高额的成交价。还不如像这幅作品一样，是因为许多人竞拍成交价才上升更理想。"

我看着台上投影的作品。红棕色的背景，上面画着一盆菊花。不仅让人想到梵高的《向日葵》，也与中国传统绘画中经常出现的静物画的构图类似。这一系列之所以能让常玉享誉世界，是因为其中蕴含了杰作中共通的乡愁。

黄昏般略带哀愁的色调，种着菊花的青瓷盆。这些可能都表达了在异国之地孤独挥笔的常玉对故乡的憧憬。

溶得薄薄的油彩与流畅的粗轮廓线就像绳索一样，将主体连接在一起。尤其要提到的一点是，原本主体的背后应该留白，但常玉用同样的粗线绘出条纹形状。如此一来，主体和背景便得到了相同的对待，让人无法判别

哪里是影子，哪里是实体。

这种处理线条和空白的方法在书画传统中也有，更加唤起了乡愁。所以他的油彩虽然没有使用墨，却有着水墨画的风格。他的作品也被称为中国近代绘画的杰作。

结果作品以超过九百万的价格成交，打破了纪录。最后拍卖师敲下锤子的时候，会场各处都传来了热烈的掌声。

"你最好记住买家长什么样。"

佐伯小声说道。我回头时仔细看了一下，没想到那么年轻，让我吃了一惊。

"他在南京有一家私人美术馆。虽然和你年龄差不多，但他应该从爷爷那里继承了不少钱。"

他看起来确实像个有钱的公子哥，脸上一副似乎游刃有余的模样，正用食指推了推黑框眼镜。

到了中场，是连续十件在北京和上海颇受关注的年轻一代的作品。他们的作品都充满活力，明显重新将传统融入其中。而且与之前受欧美影响的赵无极和常玉不同，他们作品中新鲜的启发性让人忘记将他们与欧美进行比较。不仅真诚地直面社会问题，也没有丧失积极的能量。每一幅都以超过百万的价格成交。最擅长观察情况的拍卖师不紧不慢地调动着会场的情绪。

后半场出现的第一个高潮是被称为印度尼西亚近代绘画之父的苏佐佐诺的作品，一幅长两米的绘画。三十年代时，他于荷兰领属下的东印度群岛中的爪哇岛上，在民族主义风潮兴起时成立了印度尼西亚画家联盟。他几乎是神一样的存在。他没有迎合所谓的东方风格，而向同时代的画家呼吁，让他们直面东印度群岛殖民地的现实。但他们渴求独立的愿望之后还是因日本军队的统治被剥夺了。

画中描绘的是印度尼西亚政府与荷兰殖民地开拓者之间的战斗。与比利时近代画家詹姆斯·恩索尔在肖像画中使用相同概念的带假面的脸和令人不适的明亮颜色让人印象颇深。明明发生了战争，他却用形形色色的画具描绘得无比鲜艳，看起来像游行一样。苏佐佐诺那幅巨大的作品拍出了三百万的价格，拍下的人是通过拍卖行的代理人打电话联系的收藏家。

"是内行吧。"佐伯小声说。

长期以来在世界各地摸索自己表现手法的亚洲艺术家在此集聚一堂，等待他人认同自己的价值。

这不仅仅只是消费，而是从根源上发展。恐怕我这样的个体肯定很难理解，在这片广阔土地上形成的漫长而复杂的历史，以及各种语言和宗教交织而成的共同体。

让无名获得认同的舞台在这里。正如唐木田所说，无法融入日本潮流的无名终于获得关注的地方在这里。能够谈论无名艺术的语境，就在亚洲的地域性之中。

当出现流拍的情况时，就要更换拍卖师。流拍是指一开始就没有人竞拍，或者未达到卖方期望的最低价格时发生的情况。发生流拍时，会场的气氛便会稍稍冷清一些。这时，拍卖师便不再停留于此，立刻转向下一件竞拍品。终于到了快要结束的时候，讲台前站着的是一位中东裔的女性拍卖师。

换上这位女性拍卖师后，会场里的气氛立刻就变了。她报数时认真得吓人，不知不觉间，所有人都沉浸在关心竞拍品去向的氛围中。有才华的拍卖师可能就需要这样的向心力。

成交价再次提升，最后以超过一百万的价格成交。

"换上来的拍卖师是从纽约总公司来的黎巴嫩人，非常擅长将会场感染上自己的气氛。有不少收藏家会在她的煽动下延长竞争。"

接下来是一位名为曾灶财的香港人的作品，他的别名为"九龙皇帝"。一米宽的正方形画板上画满了粗暴的文字涂鸦。这些笔记粗看朴实，其实饱含着愤怒。在被英国殖民统治的香港，他声称统治九龙半岛全境的人应该是他自己，几十年来都连篇累牍地陈述着自己的家谱。

他的笔迹出现在香港马路上的任何地方，比如建筑物、公园、邮箱、桥、路灯上等，共在超过五万多处地方发现了他的痕迹，他使用过的墨水也超过了一千升。现在涂鸦基本都消失了，剩下的也融入了香港这座迷幻都市的风景中。本次拍卖的是其中一幅留在纸面上的作品。

与其说九龙皇帝是艺术家，不如说他是疯狂的流浪汉与活动家。他经常像游击队那样在政府设施附近留下笔迹反抗权力，然后被警察带走。如今将他卷入市场其实存在争议，但他去世时引发大量报道，香港沉浸在悲伤之中。

下一个瞬间，面前的投影屏幕上出现了巨大的无名一九五九年的作品。我的心脏开始扑通扑通地跳起来。

看到本次最受关注的作品出现，场内开始喧哗。

回头一看，场面十分混乱。大量媒体蜂拥而至，巨大的电视台摄像机和收音话筒对准会场。站着旁观的客人比刚才更多了，几乎将会场挤得水泄不通。我坐直身体盯着台上的投影。当然，现在座位一个也不剩了。

不经意碰上佐伯的眼神，他说道："能看出来这幅作品的期待度有多高了。"

会场的各个角落都举起了竞拍牌，应该是至今为止最多的。从一百万起价，不一会儿已经达到三百万了。

"为什么？"

我吃惊于如此频繁的提价。听到我的疑问，佐伯回答："拍卖师会根据现场的情况进行调整，有的时候会一口气提高价格。小幅提价太花费时间，也会降低竞拍者的兴致。最重要的是冲劲。"

成交价以疾驰赛马般的速度急速上升。我们咽着口水，关注着竞拍的进展。

到处都响起了快门的声音，闪光灯也亮了起来。面前许多人举起了手机，都不想错过那个瞬间。

"四百万。"

"五百万。"

"六百万。"

其中有一些始终举着竞拍牌不放的强者。

视线交汇在一起，会场的喧哗声更大了。

所有观众的脸上都浮现起兴奋的笑容。

快速念着数字的拍卖师仿佛挥舞着指挥棒一般控制着竞拍牌的数量。

"七百万。"

拍卖师清晰地喊了出来。毕竟已经超过了估价的两倍，竞拍牌的数量减少了。

不知不觉中，许多竞拍者已经退出。继续举着竞拍牌的只剩下一位戴着花哨的白色眼镜的东南亚裔男子，正打着电话的欧美商人，以及穿着一身亮黄色西装、身材姣好的强势女士。

"九百万。"

"一千万。"拍卖师说道，"一千万，由现场那位客人出价，有加的吗？"

我回过头，还举着竞拍牌的就是那名女士。

"对了，那位女士是韩国顶尖财阀的总裁夫人，在首尔近郊有一家私人美术馆。她应该从二手画商那里买过不少无名的作品，当时也预测到她会是罗迪的竞争对手。"

我瞄了一眼罗迪那边，正好撞上他的视线。只见他露出了无畏的笑容。

"为什么罗迪不举牌呢？"

"聪明的竞拍者会在最后关头加入，只举几次竞拍牌。相反，多次举牌只会煽动其他竞拍者，正中拍卖行的下怀。一开始就举牌是竞拍新手才会干的事。"

甩下了大量的竞拍者之后，竞拍暂时停滞在一千万。

一时没有人参与竞拍。

"一千万，一千万，有加的吗？"

拍卖师的声音响起。一瞬间，我发现拍卖师向坐在后面的罗迪递了个眼神。一千万，一千万，有加的吗？

"罗迪差不多要开始行动了。"

佐伯对我耳语。

拍卖师最后提高了嗓音，便不再说话。

场内仿佛受到影响，也陷入了沉默。

我听到了心跳声。

罗迪终于举起了竞拍牌。

拍卖师就像听到他说"稍等了"一样，微微地笑了。

"一千一百万，由现场那位男士出价。"

前方的客人一起回头向罗迪的方向看去。

罗迪满脸笑容地向拍卖师点了一下头。

"非常感谢，那我就放心了。"

拍卖师开玩笑般的语气让会场里充满了笑声。观众们开始交头接耳，大家都在注意着罗迪的动向。周围再次喧闹起来。

韩国的女士仿佛被惹恼了一般，瞥了一眼罗迪，将竞拍牌高高举在头顶。

"一千二百万。"

罗迪也不失时机地举起竞拍牌。

"一千三百万。"

每当竞拍牌举起，拍卖师念出数字时，观众们都会一起左右来回扭头看情况。就像随意的抛接球一样，但数字的单位却非常吓人。

"一千四百万。"

"一千五百万。"

罗迪出价的一千五百万暂时结束了两人的单打独斗。

"一千五百万，一千五百万，有加的吗？"

女士和她身边像是秘书的男性交谈了一两句，接着便露出了严峻的表

情，沉默着陷入了思考。

"一千五百万，有加的吗？"

拍卖师握住台上手掌大小的锤子。

"有加的吗？"

他再次询问道，同时高高举起握住锤子的手。这时，女士举起了竞拍牌，应该是她经过深思熟虑后的结果。

"一千六百万！"

面对女士的出价，周围零星响起一些掌声。

"她应该已经超出预算了。"佐伯小声说。

"一千六百万。"

"一千七百万。"

价格究竟会上升到什么地步。

一波未平，一波又起。罗迪和女士就像后浪推前浪一般展开了一对一的酣战。

"一千七百万，一千七百万，由现场那位男士出价。"

会场所有人都盯着女士的反应，究竟她是否会继续举起牌子呢？

罗迪瞟了一眼女士的方向。她已经不是那副游刃有余的表情，眼神无比认真。

我知道罗迪也要严阵以待了。

"接下来是一千八百万，有加的吗？"

拍卖师向着女士的方向探出身体询问道。

女士没有回答。

竞拍又一次暂停了。

喧闹的会场一片风平浪静。

会场的各个角落都举起了相机。

预感高潮即将到来的观众都不愿放过这一瞬间。

"最后一次。"

拍卖师向着女士询问道。

女士满脸通红地摇了摇头。果然，她似乎没有办法战胜认真起来的罗迪。她似乎死心了一样，将竞拍牌放在了膝盖上。

女士退出了。

罗迪顺利拍下了这件作品。

"一千七百万，由现场那位男士出价。"最后，拍卖师面向整个会场问道，"有加价的吗，没有异议吧？"

滑稽的语气缓解了会场的紧张感，笑声响了起来。

"一千七百万，创下了亚洲市场的新纪录。"佐伯小声说。

"不愧是无名。"

"罗迪也快超过他的预算了吧。"

性急的观众已经鼓起掌来，举起的相机更多了。所有人都屏住呼吸，等待最后瞬间的到来。

拍卖师抓起台上的锤子，高高举起手。

"有加的吗？一千七百万，一千七百万，最后一次。"

我缓缓地闭上了眼睛。

终于结束了。

那幅作品可以顺利成交了吧。

但我没有听到本应响起的落锤声。

怎么回事？

我慢慢睁开眼睛，所有观众都看向了一个方向，我沿着他们的视线望去，是打电话的拍卖行员工座位那边。

一名代理人一边用肩膀夹着话筒，一边小心地举起了竞拍牌。

那名工作人员估计和我差不多大，他不安地看向了拍卖师。

在工作人员的电话对面，新加入的竞拍者参与了加价。

下一个瞬间，兴奋的拍卖师提高了声音。从她的表情来看，她自己也很吃惊。

"新加价！"

会场中议论纷纷。

"现场这位男士，非常抱歉。一千八百万，一千八百万。接下来，一千九百万。"拍卖师毫不犹豫地对罗迪说。

罗迪满脸威严，不服输地举起竞拍牌。

拍卖师稍微看了一眼韩国的女士，只见她紧闭嘴唇保持旁观。

所以现在是罗迪和匿名竞拍者决一胜负。

拍卖师一副激动得发抖的模样，再次喊出了数字。

"一千九百万，现场出价。好，电话里的竞拍者也举牌了。两千万！"

"你认识刚才打电话的代理人吗？"我问佐伯。

"嗯，他叫塞缪尔，是刚入职香港办公室的新人。没想到他会带来一个罗迪的竞争对手。"

"两千万美元！"

拍卖师像在挑衅电话里的竞拍人，用清晰的发音缓慢地叫出数字。

"两千万，两千万，两千万。这可不得了了。"

就连拍卖师也无法隐藏住激动的心情。

面前屏幕上显示的成交价稳步上升。

两千一百万。

两千两百万。

会场陷入了一触即发的异样氛围中，仿佛连咳嗽一声都不允许。

两方的角力让人几乎忘记了其中牵涉到的疯狂金额，过程虽然十分流畅，却让这场战斗更加野蛮。

两千三百万。

两千四百万。

我心中突然产生了一种不祥的感觉。

那一瞬间，会场的声音都消失了。突然，我的面前闪现出躺在太平间里的唯子那张苍白的脸。

杀害唯子的真的是无名吗？但尸体不会说话。

我重新抬头看着屏幕上的那幅作品。

一瞬间，我眼中那幅巨大的图画上仿佛蠕动着爬虫。

如果这幅作品没有送到画廊，可能唯子就不会死了。

我听到了拍卖师的报数声。

屏幕上显示的数字已经达到了拍卖行事先预测的成交价的十倍。

"两千五百万。"

拍卖师的声音再次在耳边响起。

塞缪尔露出为难的表情举起了手，出价两千六百万。

这时，稳步上升的数字停止了。

罗迪犹豫了一下，加价了五十万美元。

"两千六百五十万。"

不一会儿打电话的工作人员举起了手，两千七百万。

"两千七百万，两千七百万，真是前所未有！"

拍卖师额头上的汗水闪闪发亮。

"有加的吗？"

拍卖师沉默地看了罗迪一会儿，时间一秒一秒地流逝。

我看了一下钟，一九五九年的作品从参与竞拍开始只过去了十分钟。

"有加的吗？"

拍卖师再次出声，这次是用极为个人的音色询问罗迪，仿佛就在他身边小声搭话一样。

罗迪缓缓地摇了摇头。接着，他便从座位上站起身来，放下竞拍牌离开了会场。

罗迪放弃了。

"两千七百万，两千七百万。"

最后的询问。

落锤的声音传遍了寂静的会场。

声音响起的同时，应该会伴随着热烈的喝彩声。

但会场里每一个人都不敢相信一般，周围鸦雀无声。可能因为此前从未有作品拍出这么高的价格，震撼与无力交织在一起。

佐伯缓缓地站起来，我也跟着站起。

接着，会场内绝大多数观众也一起站了起来。他们都是为了见证无名作品的竞拍才聚集在会场的吧。

"一九五九年川田无名的水墨画成交价为两千七百万美元，创下亚洲拍卖会市场最高纪录。"

拍卖师的话在我们身后响起，我没有回头。

第八章

神 の 値 段

　一切都结束了的无力感让我在从香港回去的航班上发烧了，到达成田机场时，一股猛烈的寒气袭来。之后我回公寓睡了一阵，但周围发生了巨大的变化。

　本来所有人都期待和关注无名在市场上的价值能持续上涨多久，但不久后由于金融危机的原因，本季度剩下的拍卖会都以业绩不振而告终，无名的作品也毫无例外都流拍了。不知是幸运还是不幸，通货膨胀倒是抑制住了。

　至于一九五九年的作品，各国报纸和杂志都在肆意猜测是谁拍下了它。比如是欧美的大收藏家出手了，或者是中东的石油王拍下的，各种推测满天飞。平常新闻网站的美术专栏都刊载着展览会评论和宣传，现在非常难

得地大力报道了拍卖会的结果。

不过我还是担心拍下它的是罗迪说的交易作品的组织，又或者涉及约书亚忧心的非法洗钱行为。

结果，可能我还是没有保护好那幅作品。

这件事让我心里更加沉甸甸的。

另外，无名所属画廊老板死亡的事情也被人顺藤摸瓜地查到了，和成交价的新闻一起大肆报道出来。本应丧失热度的案子又可笑地被翻出。一开始我还逐一阅读报道，渐渐觉得内容太荒唐了就不读了。他们兴奋地讨论着无名本人创造出了怎样的艺术，完全没有提到唯子是多么辛苦将无名推销出去。

唯子的画廊停业了。

开完会后，佐伯委托我将无名剩下的作品全交给约书亚的画廊。我还沉浸在这件事中时，从电话中得知，土门等工作室的工匠认为自己已经无法继续制作作品，决定让以前协助过作品管理和回顾展的财团经营工作室，现在正在商讨中。

但还有一个疑问。

无名究竟是什么人？他是创造出亚洲市场最高成交价的当代艺术大师，还是与收藏家勾结为资本游戏推波助澜的罪魁祸首，又或者是已经失踪的杀人犯？

父亲在我从香港回来一周后打来了电话。我不发烧了，但还没有力气离开公寓，只能躺在床上。

"唐木田很担心你。"父亲说。

"没事，我还活着。"

本来打算开个玩笑，好像没什么用。

"今后打算怎么办？"父亲认真地问我。

"不知道，总之先要找工作。"

我对父亲说自己想更深入地了解无名手记里的内容和支撑无名艺术的历史。父亲一如既往客气地说："有什么问题和我说。"

"对了，我想和你说一件事。"

"怎么了，突然这么说。"

"你知道价格和标价的区别吗？"

"不知道。"

"价格是从客观规律角度基于供需平衡而规定的。另一方面，标价则是一种比喻，表示了无法定价的价值。作品的金额会因出售的场所、买家、交易的时机经常变化。"

"那么，那幅作品的金额就是标价？"

"没错。"

但我还是叹了一口气。

"结果拍下它的不是罗迪，可能要交到不太好的收藏家手上了。"

"就算你这么想，也没办法啊。"

"是吗？"

"不管怎么说，这都是川田自己的意愿，对吧？"

的确，参加拍卖会是无名本人决定的。

"所以那个成交价，正是神的标价。"

神的标价。

挂断电话后，我思考了一会儿父亲说过的话。我不知道我做的事情是否正确，但父亲拐弯抹角的说话方式，似乎第一次肯定了我这个无所作为的女儿的生活方式，肯定了我在资本游戏中战斗的工作。

第二天，我去给唯子扫墓。唯子的墓地在河滩对面，是个视野开阔而安静的地方。来到唯子的墓地，墓碑前摆放着满天星。满天星是唯子最喜欢的花。

我打扫了一下墓地，洒上水，点上香。摸着银色的项链，我闭了会儿眼睛向她汇报近况。盯着天鹅绒一般缓慢升起的白色轻烟时，带着打扫用具的管理员路过了附近。

"你好。"我低下头。管理员也回了我一句"你好"。

"那个……我有个问题想请教您一下。"我说。

"嗯，您说。"他停了下来。

"这束花是什么时候放在这里的？"

他想了一会儿，回答我："几天前吧。"管理员向我行了个礼。他准备离开时，自言自语般地小声说了一句话。

"不管怎样，死去的都是别人。"

"请等一下。"

"怎么了？"

"你刚才说了什么？"

"没，没说什么。"

"你说了，不管怎样，死去的都是别人。"

"啊，没什么深意，我只是听来的。"

"你怎么知道这句话的？"

管理员犹豫了一会儿，说道："说起来不好意思，献这束花的人一开始我还以为是流浪汉，本来想把他赶走的。后来我问他是死者遗属吗，他也不理我。这时他突然念叨了一句'不管怎样，死去的都是别人'就离开了。但有可能是我听错了，毕竟这句话毫无意义。"

管理员苦笑着说，但我非常确信。

他没有听错。

我立刻给佐伯打电话。

"您好。"

"好久不见，身体如何了？"

"已经恢复了。"

我本想告诉他管理员看到的流浪汉，但可能因为信号不太好的关系，佐伯打断了我的话。

"我正想和你联系。"

"是吗？"

"我本来就有工作，所以暂时想搬到香港去。"

"什么时候出发？"

"一周后。"

"太突然了。"

"对。你还在生病，我就没和你联系，抱歉。"

"哪里，没事的。"

"现在正忙着办手续，还要从东京的公寓里搬出去。"

我心里有些落寞。

佐伯教会了我很多，也是和我一起见证一九五九年作品结局的同伴，对唯子的离去感同身受。本以为我们能互相理解的。还来不及告别，佐伯就要向前走了。得知这一点，我觉得我可能也应该不再执着于那个案子，向前看才行。

"那要赶紧收拾办公室了。"

"对，拜托你了。展厅的合同到这周末为止。"

"我知道了。"

"你还拿着钥匙吗？"

"我拿着，应该怎么处理？"

"打电话给管理员办公室，他们会来拿的。我已经还过了，就剩你的了。"

"好，松井呢？"

"他真不会吃亏，已经跳槽到别的画廊了。看来他背着我们找工作了。"佐伯苦笑道。

"果然是他的风格。"我笑道，"我去机场送您吧。"

"没事，不用特地来。"

"毕竟暂时也见不到面了，我还是想和您道个别。"

"还挺伤感的。"

"就这一次嘛。"

"那到时候见。"

我们约好了时间，就挂了电话。

我给佐伯打电话，本来是为了告诉他有位类似无名的流浪汉给唯子献了花，结果还是没有说出口。因为我从他的语气中听出，无名的事情对他来说已经结束了。他已经回到了工作中，走出了唯子死亡的阴影，准备踏出新的一步。在这种时候告诉他，其实无名可能还活着，只会打扰他。所以我打算确认管理员所说的人是不是无名之后再告诉他。

第二天我来到空无一人的展厅，这里几乎像一个陌生的地方。松井已经收拾过办公室了，但后院还有一些垃圾，我的桌子附近还保持着原样。我把手放在自己好久不见的办公桌上，注意到上面放了一张字条。

之后拜托你了。Thank you.

肯定是佐伯写的，我不禁微笑了起来。桌子抽屉里和架子上有很多乱七八糟的东西，维生素片、名片、以前的文件夹等。

这时，办公室的电话响了起来。我一边思忖着要解除电话的合约，一边拿起了话筒。

"您好，之前承蒙关照。"

没想到是运输商浦。

"太好了，办公室有人在。我现在停在画廊门口，您看怎么办？"

"是什么货物？"

"一个从香港回来的木箱。"

奇怪。

在艺术博览会上展出的作品都卖出了，当地运输商的发货手续也办完了。应该没有作品会回到画廊。

"不管怎样，我能先把它搬到展厅里吗？"

　　"好的，麻烦了。"

　　我虽然答应了他，但还在想到底是哪幅作品到了。不一会儿，巨大的木箱已经搬进了展厅。我心中惴惴不安，急忙让浦和他的助手帮忙打开外面的盖子，里面就是内箱。

　　箱子的外表和尺寸看起来都很眼熟，外侧的绳子裹了好几道。应该是香港拍卖行的人打包的吧，上面的结都是死结，很难轻易解开，必须要用剪刀剪断绳子。

　　死结。

　　总感觉在哪里见过。我悄悄看了眼里面，面前的木框上刻着 DREM 这几个字。我立刻检查贴在箱子上的贴纸，果然是一九五九年的作品。

　　"为什么？"

　　当然没有人回答我的问题，这幅作品应该已经在拍卖行成交了。我首先想到的是，是不是中间发生了什么问题，导致作品送回东京了。联系拍卖行应该就知道了吧。我正握紧苹果手机要给佐伯打电话时，浦发话了：

　　"还有这个。"

　　我回过头去。

　　"这是今天早上投到我们公司邮箱的，对方要求把这个和这件货物一起运给你。"

　　那是一个平凡无奇的白色信封。没有收件人，也没有寄件人，上面也没有邮戳。信封里放着一张纸条和一张 CD。CD 的封面是邓丽君。会不会是佐伯给我寄的恶作剧？我边想边打开了 CD 盒，里面是一张没有印刷任何内容的 CD 光盘。

清爽的阳光照射在早晨的成田机场。推着手推车办理登机手续的人群非常热闹，我在其中发现了佐伯，他穿着一件我有些眼熟的外套，正单手拿着护照向经济舱的登机手续柜台走近。

"佐伯。"

看到我站在柜台旁，佐伯有些吃惊，但立刻微笑着向我走来。

"后来你就没有联系我了，我以为见不到了。"

"不好意思，突然来找你。"

"可能没法聊太久。"

佐伯说着看了一下手表。

"那我就单刀直入地说了，那幅作品换来的钱不是你的。"

佐伯摆正姿势，有些疑惑地苦笑着，劝解般地说道："当然，我会感谢你的。"

"不是，这笔钱不能交给杀害唯子的人。"

我看出佐伯的表情僵住了。

"你好不容易把画廊关了准备逃往国外，抱歉把你拦住了。"

"等等，别开这么恶劣的玩笑。"

他的语气还和平常一样沉稳，但嘴角明显有些紧绷，我从未见过他这么焦急。

"无名还活着。"

"什么？"

"你不相信无名还活着，这就是你最大的败笔。"

佐伯张了张口，没有说出话来。

"我最后一次和你打完电话以后，第二天画廊里就到了一样东西，我

还收到了一张 CD 光盘。里面保存的是你和罗迪勾结，利用国界盲区犯下的非法金融交易的资料。查到这些资料的是唯子。她以前就像侦探一样，揭露过假扮收藏家的可疑倒卖商的真面目，但估计她自己都没想到会发现丈夫犯罪的证据。既然已经知道了真相，正义感很强的唯子自然决定不会把作品卖给罗迪，估计也和你谈过要离婚，还打算将这件事公之于众。所以唯子将证据都刻进了 CD 光盘里，也告诉了无名。另外，把这张 CD 光盘寄给我的人就是无名。"

"等等，就算真的有那些资料，我又为什么必须要杀唯子呢？还有，你怎么知道这是无名寄给你的？"

"的确，这张 CD 光盘中只记录了金融交易中你的罪证，没有任何和杀害唯子相关的内容。所以无名也不知道你就是犯人。"

"那不好办了。"佐伯嘴角上扬，笑道，"你没有证据，怎么就说我是犯人？"

"我可没说没有。"我直视着佐伯，"首先，你为什么要杀唯子。要知道这个原因，就必须要理解你和罗迪的关系，进而了解唯子和罗迪的关系。其实，在事情败露后，你和罗迪之间的关系就已经产生了裂缝，你也处于受制于人的局面。因为对罗迪来说，就算唯子向日本税务署告发，他也能轻易消除影响。但你做不到，所以你只好央求罗迪，但他并没有和善地表示会保护你。罗迪轻易地就把你抛弃了。"

我注意着佐伯的表情，只见他沉默不语地一直盯着我看。

"这时，你了解到，无名和唯子似乎打算让一九五九年那幅传说中的作品流入市场，一决胜负。你其实不知道他们真正想做什么，也不知道计划的核心是什么，这对你来说无关紧要。你只是想，如果能把一九五九年的作品卖给罗迪，他可能会对你恢复好脸色。但唯子已经知道了罗迪做过的恶事，肯定不想卖给他。唯子和罗迪的关系已经跌至冰点。这时，你想到了要把唯子杀死。虽然你爱过她，但被她背叛的愤怒心情更甚。而且，你在婚后教了她不少金融知识，也为她提供了资金支持，可最近你陷入经营困难向她求助时却被拒绝了。更何况她打算将你的罪行公之于众，你便觉得她利用了你，背叛了你，对她恨之入骨。不是吗？"

佐伯没有回答什么，但他第一次露出了严峻的表情，代表了他的肯定。

"所以你就想到杀了唯子，再借机将一九五九年的作品卖给罗迪。唯子死后，你作为配偶就能继承画廊的经营权，也就掌握了一九五九年作品的决定权。估计决定让这幅作品参加拍卖会时，你还想出歪点子，和罗迪达成秘密交易，比如事后把拍卖获得的收入都还给他，或者以卖给他这幅作品为条件，让他向警察施压暂停对案子的调查。当然，真实情况我也不清楚。"

我缓慢地深呼吸了一口。

"接下来就是你如何计划犯罪的。你之前就知道，唯子每个月二十五日都会在深夜和无名在仓库秘密见面让他签名。我不知道你是偷看了她的日程本，还是从她每个月的行动轨迹中猜了出来，总之你就是知道了。所以你想到在二十五日的深夜杀害唯子，再将罪行推到无名身上。你想杀了他们两人，让无名来当杀害唯子的嫌疑人，然后让他失踪，这就是你的计划。但出现了一个问题。"

我说出了那个问题。

"无名没有出现，我也不知道他为什么没有出现。可能是谨慎的无名注意到了什么，凭直觉做出了判断，或者来到仓库后巧妙地逃走了。不管

怎样，你拼命地寻找着无名的下落。没有人的画廊热水间里之所以会留下咖啡杯，也是因为你趁我们不在画廊时过来寻找信息。我去了无名以前的住址，听附近的居民说有黑道的人来找他，估计是你的干吧。然而，不管你怎样拼命寻找，也没有任何线索。唯子将川田无名的存在隐藏得非常彻底，所以她才和你分居，和无名当面进行金钱交易，让他签名时也关上监控摄像头。就算唯子的死讯公布，就算警察将他当作重要证人进行追捕，无名也没有现身。而且他很长时间都没有出现在工作室了，你心里便渐渐开始觉得，无名是不是已经不在了，他是不是以前就行踪不明了。你知道的越多，就越觉得他是为了赚钱而杜撰出的人物。因为你不相信他的艺术，不，应该说你不相信艺术品本身，这也是你最大的失误。"

这时，一直沉默的佐伯开口了：

"很遗憾，你说的一切都是想象，没有证据。"

"证据就是签名。"

我话一出口，佐伯的表情一瞬间有些动摇。

"我确定你就是犯人的契机有两点，第一点是无名的口头禅。'不管怎样，死去的都是别人'。有位律师告诉我，这是马塞尔·杜尚说过的话，无名也经常把这句话挂在嘴边。其实，我也是知道这句话以后才重新查了一下杜尚，这才明白无名的作品上签名的重要性。一九一七年，杜尚只是在一个小便池上签了 R.Mutt 的签名，就主张这是他的作品。在那以后，签名就拥有了与以前完全不同的含义。以前签名的主要功能就是鉴别真伪，比如在大量生产同一种版画时便是如此。但杜尚发表了这个小便池作品后，签名不仅只是辨别真伪的工具，在作品不是艺术家亲手制作的情况下，签名还拥有了让其成为真品的神奇功能。对极具杜尚意识的无名来说，签名肯定非常重要，不可能让其他人代签。当然，唯子也不可能代签。所以我突然产生了一个反论性质的疑问，我和你一起确认的签名真的是无名写下的吗？"

不仅如此，我说。

"我会这么想，还有一个原因。从无名那里收到 CD 光盘时，我重新回忆了一下之前的事情。有一点我无论如何都想不通，那就是保管在仓库里的作品外面打包的绳结。之前我和你去仓库，发现了七件打结方式不同的作品，也知道唯子被杀前让无名签了名。但我以前从未见过那种形状的绳结，非常像外行人打的。可能你不知道，打包作品时，每一个绳结都有许多规定，所以每天接触的人能立刻看出是外行人打的。我刚进公司的时候经常遭到唯子的训斥，接受过她的指导，松井也是。可能因为我一直在心底琢磨，无名是不是真的会那么打结。如果没有收到 CD 光盘让我怀疑起你，我或许就把这件事忘了。但我怀疑你不仅是犯人，还知道了'不管怎样，死去的都是别人'这句话背后的含义。我才第一次注意到，打结方法不同的七件作品上的签名，会不会是某个人为了伪装无名当时在场才写下的。"

佐伯一动不动地盯着远方起飞的飞机。

香港航班的最后一次登机广播响了起来，他却丝毫未动。

"那天晚上，唯子将所有作品都拆封，等待无名的到来。唯子考虑得周到，很容易能想象出她会提前拆封在此准备。你在那里杀害了唯子，但为了伪造出无名在现场的证据，你突然想到可以在作品上写上签名。但如果一直保持拆封的状态未免太明显，还可能有漏洞，你便慌忙重新打包了回去。幸好警察没有关心签名的事情，你也不用特意说。可能你觉得蒙混

过关了，但我又去仓库实地确认了一遍。七件作品中有一件是我在案发后重新打包的，所以是画廊常用的打包方法。剩下的六件都是用外行的手法打包的，我才确信了自己的猜测。因为我们去仓库确认的时候，拆开了两件作品的包装。我重新打包了一件，同样，你应该也重新打包了一件。但是，七件中有六件都采用了和我不同的打结方法。我应该不用继续说明下去了吧。"

我稍微停了一下说道：

"我立刻联系了警察，让他们对那七件作品上写下的签名进行笔迹鉴定。虽然是紧急得出的结果，以后还要慢慢验证，但上面的笔迹确实和无名的签名不一致。以防万一，我提供了你在空无一人的画廊里留下的留言条。估计你以为已经彻底逃脱了，才在最后关头放松了警惕，愚蠢地留下了自己的笔迹。尽管你尽可能地模仿对方，但那七件作品上写下的签名与你的笔迹是一致的。"

我深深地吸了一口气。

"无论是打包的绳结还是作品的签名，乍一看都不起眼，但对作品来说都非常重要。打包得不专业，作品就会受到损伤，签名更相当于美术品的生命。在这一点上，就算你非常熟悉作品的商业价值和市场结构，但因为没有在幕后实际接触和制作作品的经验，才在无意中留下了证据。归根到底，还是因为你只把作品当成商品，才留下隐患。"

我深深地叹了一口气。为了压制住情绪，我一口气说了那么多话，但还是非常痛苦。

这时，一直沉默的佐伯终于开口了。

"你为什么知道他还活着？"

他看向我的眼神一如既往地沉稳而坦率，我不禁避开他的视线，摸着项链镇压下心中的疼痛。

"对了，刚才你的问题我还没有回答。为什么我知道 CD 光盘是无名送来的？为什么我知道他还活着？我从香港回来后去给唯子扫墓，听说有一名男子几天前来献了花。根据目击情报，那名男性就像流浪汉一样，走的时候还小声说着，不管怎样，死去的都是别人。其实在那之后，我就给你打了电话，本来打算和你说那名可能是无名的男子，但看你太忙就没有说。现在想来，当时的对话也很奇怪。自己的妻子都去世了，你居然能那么快就平复心情。太遗憾了，无名认为有人会怀疑自己，便一直隐藏起来保证自己的安全。这也是为了守护他自身的艺术理念。几天前，他还亲自写了一封信送到工作室，深深感谢他们帮他守护真相和自己的艺术。还有，和 CD 光盘一起寄到画廊的是一幅作品。"

"一幅作品？难不成是……"

"没错。"

"拍下那幅作品的是无名本人吗？"

这次轮到佐伯长叹了。

"唯子和无名为了实现这个计划，准备了巨大的资金。我也终于明白，给工作室支付的报酬那么少的真正原因是什么。他们存钱，一切都是为了让一九五九年的作品流入市场再买回来。除了要支付拍卖费，成交金额也必须要全额支付，所以他们除了作品的收入，应该还通过其他方法筹集了庞大的资金，然后虎视眈眈地等待时机成熟。不仅要谨慎地计算竞争者罗迪的预算，还要提高无名在市场上的价值，完善资金准备工作，预测实施计划最完美的时间，才将作品运来了画廊。"

我再次顿了顿说：

"这是他们一辈子只有一次的赌博。无名绝对不会把一九五九年的作品交给其他人，无论发生什么事情他都要自己拍下来。如果没能拍下，就会被其他人抢走。现在想想，一直以来真心想从罗迪手上抢下作品的人可能不是唯子，而是无名。无名想以罗迪为踏板，在市场上达到更高的高度。"

"是吗，我还以为我做得挺好的。"

佐伯低语着，他的表情和平常没什么变化。

"最后绊了我一跤啊。"他用平静的语气说道。

不是愤怒，不是悔恨，一种难以形容的感情飞速涌上心头。我握紧拳头，竭尽全力地说："只有这些吗？"

"我被唯子背叛了。"

"所以就能被原谅吗？"

这时，佐伯的嘴角浮现起一丝笑容。

"那个女人也是，她也用同样的眼神这么看着我。"

一瞬间，我想到了。

这个只考虑保护自己的男人和唯子、无名以及罗迪都不可能相容。对他来说，没有任何事物是他必须守护的。他心里最重要的，只有金钱和他自己的立场吧。

于是，我也理解了一件非常重要的事。

"我收回刚才的话。"

"什么？"

"我刚才说过，你最致命的失误是不相信无名还活着，但不止如此。你无法真正理解，无名究竟为了什么而战斗，这才使你无处遁形。"

我握紧拳头，牢牢盯着佐伯说：

　　"可能正是因为这一点，才让你们形同陌路。唯子最大的愿望，就是无名纯粹的艺术价值能够得到认可。但无名不是，他瞄准的是市场中的最高点。他想获得商业上的巨大成功，原因不用说，当然不是为了金钱。如果他是为了钱，也不会让自己变成流浪汉。他想提高艺术品本身的价值。为了今后的年轻艺术家，为了提高世人对艺术品的认知，为了拓展市场，他将自己全部的财产都投入其中，扔下一个无比巨大的赌注。你绝对不会理解他的决心。"

　　佐伯低下头，我别过脸去。

　　按照事先说好的那样，金谷从身后靠近过来。她为了让笔迹鉴定结果赶在佐伯出国前出来四处奔走，之后在机场等待行动。

　　"请和我去一趟署里。"

　　金谷没有和我对视，但我知道她路过我身边时轻轻点了点头。我在出发大厅里头也不回地走着。机场沐浴在强烈的太阳光下，显得特别明亮。即将出游的人群混杂在一起，欢快而热闹。我的视野渐渐模糊，和一家人撞到了一起，几乎要跌到。

　　我回过头去，看到了佐伯的身影。他被两边的搜查员控制住，正低垂着头。周围有一小群人在看发生了什么事。

　　这时，我感觉到苹果手机振动了。看了一下界面，是从公共电话打来的。

　　我立刻按下了通话键，问候对方。

　　心中想着，该不会是……

　　但电话对面的人什么也没有说。

　　我的心脏怦怦直跳，环顾四周寻找公共电话，但附近没有看到。

他到底在哪里？

当我正想再次开口时，对方说话了。

"好好珍惜作品。"

图书在版编目（CIP）数据

神的标价 /（日）一色小百合著；蓝春蕾译 . -- 北
京：台海出版社，2020.11（2022.9重印）
ISBN 978-7-5168-2745-1

Ⅰ . ①神… Ⅱ . ①一… ②蓝… Ⅲ . ①推理小说　中
国 - 当代 Ⅳ . ① I247.5

中国版本图书馆 CIP 数据核字 (2020) 第 175018 号

版权合同登记号　图字：01-2020-5190

神的标价

著　者：[日]一色小百合		译　者：蓝春蕾	

出 版 人：蔡　旭　　　　　　　　　　　　封面设计：MF
责任编辑：员晓博

出版发行：台海出版社
地　　址：北京市东城区景山东街 20 号　　邮政编码：100009
电　　话：010-64041652（发行、邮购）
传　　真：010-84045799（总编室）
网　　址：www.taimeng.org.cn/thcbs/default.htm
E - mail：thcbs@126.com

经　　销：全国各地新华书店
印　　刷：三河市嘉科万达彩色印刷有限公司
本书如有破损、缺页、装订错误，请与本社联系调换

开　　本：880 毫米 ×1230 毫米　　　1/32
字　　数：195 千字　　　　　　　　印　　张：7.75
版　　次：2020 年 11 月第 1 版　　　印　　次：2022 年 9 月第 2 次印刷
书　　号：ISBN 978-7-5168-2745-1

定　　价：48.00 元